U0140045

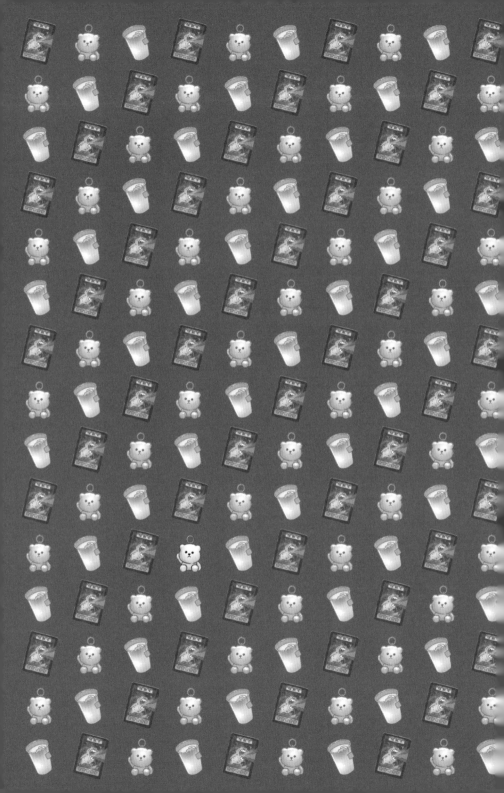

還原真相、探究人性的新世代福爾摩斯

221 犯罪偵查隊

⑤ 怪獸卡的陷阱

文・宣慈恩
圖・李泰永
策劃・表蒼園

suncolor
三采文化

站在正義的一方，成為新世代的「福爾摩斯」！

　　常有人認為採取正義的行為可能會造成損失，而選擇不正義的道路能獲取龐大利益。然而，回顧漫長歷史，我們會發現「不是不報，只是時候未到」。如果想打造一個互信且令人安心的社會，我們就必須守護正義。

　　過去幾十年來，我研究許多犯罪案件，深入窺探許多人的人生，我發現只要周圍環境有細微的差異和變化，就能避免悲劇發生。年少時，我也曾幼稚的為了彰顯正義感而與朋友發生爭執。後來，我在閱讀《福爾摩斯》系列時，學到正義也能透過推理和邏輯實現。希望閱讀這本書的每個孩子都能勇於為正義挺身而出，保護自己和身邊的人，並成為厲害的「福爾摩斯」，幫助莉朵和令人擔心的孩子們。

　　這次，我在書中將以犯罪側寫師「園所長」的角色陪伴大家。而什麼是「犯罪側寫師」呢？犯罪側寫師在台灣警察編制中，稱為「描繪分析師」，主要工作就是「研究人性」。他們需要推敲人的心理、引導人們表達真實情感，並剖析行為動機。這個過程不僅有助於激發我們對社會科學的想像力，也能提升邏輯推理能力。現在一起跟著221犯罪偵查隊來推敲人心吧！

－表蒼園犯罪科學研究所所長　表蒼園

伴你成長的推理故事

　　每天報紙和新聞充斥著許多案件和意外，大部分可能是令人感到恐懼的犯罪事件。而你們終將成為引領未來的社會成員，必須和其他人一起生活，得關注他人和社會，並學習解決問題和克服困難的方法。

　　書中的推理故事都是以真實事件為靈感，以親切有趣的方式呈現。故事地點主要在寧靜里，那是個與我們生活環境相似、隨處可見的平凡社區，在那裡有一支「221犯罪偵查隊」，由具有不同專長的同學組成，協助解決犯罪事件。跟著偵查隊逐步解決每個事件，相信你們一定獲益良多，希望這些都能成為成長的基石。

　　誠摯邀請大家加入「221犯罪偵查隊」，和莉朵一起解決各種事件。同時，你也可以再重新觀察生活周遭，或許在某處也有正等著各位去察覺、解決的問題喔！

－作者　宣慈恩

人物介紹

姓名 園所長
職業 犯罪側寫師
個性 外表看起來很有魄力，實際上是個性溫和的鄰家大叔。

姓名 尹智童
就讀 月光小學五年級
個性 身體動得比腦袋快的行動派。

姓名 鄭漢璽
就讀 寧靜小學五年級
個性 因為聰明而總是自信滿滿，討厭干涉別人的事。

姓名 李詩妍
職業 駭客蘋果兔
個性 生性敏感又膽小卻很有執行力。

姓名 何莉朵
就讀 寧靜小學五年級
個性 平常像個邊緣人、話不多，是個見義勇為的少女。

目錄

怪獸卡收集熱潮

11

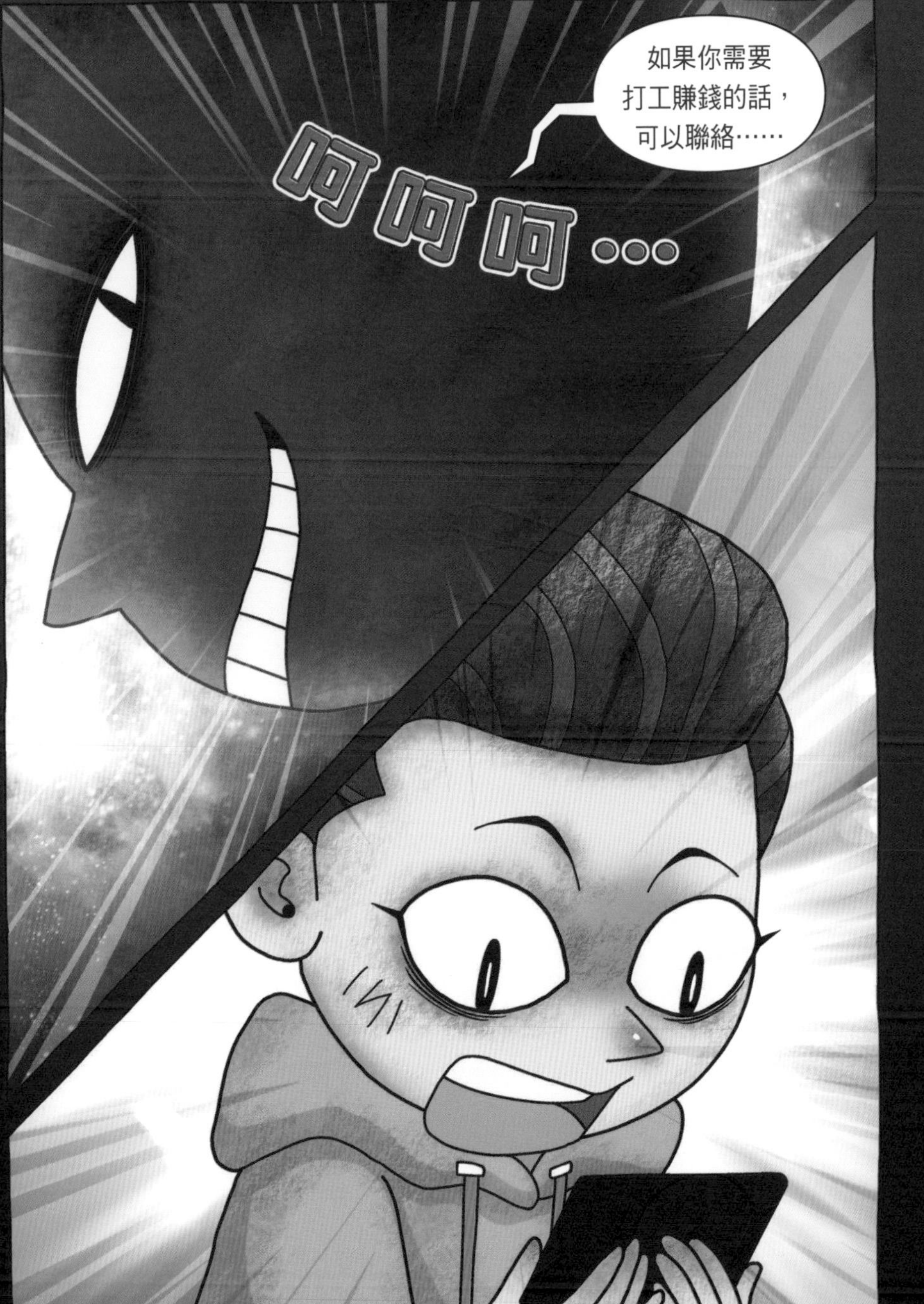
如果你需要
打工賺錢的話，
可以聯絡……
呵呵呵…

PART 1
可疑的打工

怪獸卡

「啊！居然又重複了……」

智童拆開新買的怪獸卡後，看到跟上次買的普卡一模一樣，語氣中再度流露滿滿的失望。

最近怪獸卡熱潮在校園不斷蔓延，但因為怪獸種類非常多，全數收齊要花很多錢，導致無人文具店近期頻頻發生怪獸卡偷竊事件。

智童跟其他同學一樣，一拿到零用錢，就立刻

去買怪獸卡，但即使像智童這樣「投入」，目前也沒拿到幾張稀有卡。

「唉，稀有卡都是被哪些人抽走的啊？他們一定是深受老天爺眷顧的幸運兒吧？」

俊宇冷冷看著正在怨嘆的智童。

「喂，像你這樣隨機買卡，抽得到稀有卡才怪！真是的，難怪漢壐會叫你尹智熊。」

「你的意思是，像我這樣買會抽不到稀有卡嗎？難道你要我跟其他人一樣，去無人文具店偷嗎？那是犯罪啊！」

「誰叫你用偷的？要依正當流程交易啊！」

「交易？那你來跟我交易稀有卡吧！」

看到智童一臉天真，俊宇感到非常無奈。

「我是說，如果透過二手交易 app 來買或交換牌卡，應該很快就能收齊你想要的怪獸卡。」

「你看，這裡能看到交易怪獸卡的貼文。」

俊宇一邊笑智童是笨蛋，一邊逐步教他使用二手交易 app 的方法。對智童來說，二手交易 app 完全是新世界。

他過去一直以為，只有大人能使用交易 app，現在才知道原來他也可以，但同時發現俊宇這段時間向他炫耀的稀有卡，幾乎都是用二手交易得來的之後，智童覺得遭到朋友背叛。

「這麼好的東西竟然現在才跟我說。」

智童對二手交易 app 愛不釋手。他只是稍微瀏覽，就看到很多他想要的卡，即使沒有實際交易，琳琅滿目的牌卡已讓他看得目不轉睛，而且他必須隨時刷新 app，否則可能會錯過最新訊息。因此他來到 221 祕密事務所後，還是緊盯手機不放。

「哇，超多我想要的卡！這個人好厲害！」

智童興奮的說，他正好看到一個暱稱為稀有卡大師的人，販售的全是他想要的卡。智童深怕牌卡被其他人買走，便趕緊聯絡賣家，幸好他想要的目前都還有，但價格很高。智童陷入苦惱。

「嗯，怎麼辦？一張兩百元好貴啊！」

智童翻找口袋，只掏出幾個十元硬幣。他心裡正盤算著，如果把家裡的小豬存錢筒打破，大概能買幾張卡……突然，他想起撲滿裡的壓歲錢，早就

已經決定要買世界盃足球賽的官方足球了。

「唉，足球……」

猶豫許久後，他打算先用壓歲錢買兩張怪獸卡，等下個月拿到零用錢再存回去。足球可以下次再買，但現在錯過怪獸卡，可能再也買不到了。

「你在嘆什麼氣啊？」

「啊，嚇我一跳。」

漢璽突然出聲讓智童手滑了一下，差點把手機摔了。但其實是智童沒發現，漢璽幾分鐘前就一直盯著他看。

「我現在很忙。」

智童敷衍的回應，心思全在牌卡交易上。為了選出兩張卡，選擇障礙的他冒出一身冷汗。

「兩張卡居然要四百元！」

這個價格讓智童備感壓力，不禁唉聲連連。賣家或許察覺到智童猶豫的原因，接著回覆說因為是初次交易，給他五十元的折扣。智童看到這則訊息後，臉上馬上露出喜悅的神情。

「哇，有折扣耶！」

「你在做什麼？該不會又在說221犯罪偵查隊的事吧？要我說幾次，祕密偵查就是必須保密！」

漢璽不分青紅皂白的訓斥智童一頓，智童深感委屈。

「那時是為了宣傳啊！但我現在不是在聊偵察隊啦！」

「我不懂，都叫祕密偵查了，為何要宣傳？都是因為你的關係，太多人認識我們，現在很難再進行祕密搜查了！」

智童與漢璽你一言、我一語的吵個不停。智童回覆訊息的速度變慢了，賣家再次詢問是否要交易，深怕錯失牌卡的智童驚覺，如果這時牌卡被其他人搶先買走，他大概會鬱悶到睡不著。

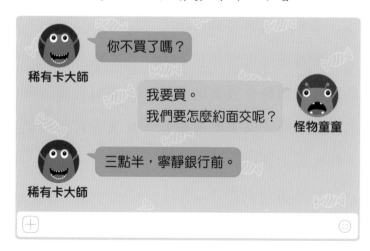

稀有卡大師：你不買了嗎？

怪物童童：我要買。
我們要怎麼約面交呢？

稀有卡大師：三點半，寧靜銀行前。

「都是你害我差點沒買到。」

「我又怎麼了？你到底在買什麼？」

漢璽正想看智童的手機時，智童快速轉身擋住。最近因為無人文具店的怪獸卡偷竊事件，鬧得寧靜里一帶紛亂不已，如果被漢璽知道智童在買怪獸卡，一定會大發雷霆。

「不關你的事！我要回家拿錢！」

正當漢璽伸手想抓住智童時，智童已經衝出221祕密事務所。智童雖然體型像熊，但是身手卻非常敏捷。

不久，智童返回祕密事務所，看到莉朵和蘋果兔也在，智童才想起他們約好要開會，討論接下來該如何因應221犯罪偵查隊變得太有名這件事。

漢璽不滿智童到處宣揚221犯罪偵查隊，導致他們無法進行祕密搜查，莉朵和蘋果兔也有同感，每次看到智童就忍不住指責他。

「啊！我竟然忘了要開會，還跑去買怪獸卡，真是的。」

智童嘆了一口氣。

「你手上拿的是什麼？」

漢璽發現智童手裡抓著一個信封。

「喂！小心點！那是珍貴的東西。」

「到底是什麼珍貴的東西？」

漢璽盯著信封一臉疑惑。智童尷尬的笑著，從信封裡小心翼翼的拿出三張怪獸卡，其中一張是賣家送的。

「怪獸卡？」

莉朵震驚的探頭查看。

「喂！」

如智童所料，漢璽臉色大變。智童雖然能理解，但他真的很想要那些怪獸卡。

「你花了多少錢？」

「三百五十元，很划算吧？」

被莉朵一問，智童立刻趁機炫耀。

「哪裡划算啊？超級貴耶！」

被漢璽嘲笑的智童擺出了不耐煩的表情。

「你不懂啦！不過，賣家真的很厲害，他跟我們一樣是小學生，卻已經收集了超多稀有卡。其實

他手上還有很多我想要的卡，但是錢不夠，只能先買兩張，另一張是賣家送我的，人很好吧？」

莉朵聽完直覺有些可疑，光是身為小學生的賣家擁有許多稀有卡就很奇怪，加上還能附贈現在非常搶手的稀有牌卡！莉朵認為事有蹊蹺。

「這⋯⋯好像⋯⋯是假的。」

蘋果兔認真盯著其中一張卡，突然悄悄出聲，智童嚇了一大跳。

「你說什麼？這是假的！」

「其實⋯⋯我前陣子也在收集怪獸卡。智童，你買的卡跟我的防偽雷射方向不同⋯⋯雖然無法百分之百確定，但這應該是假的。」

蘋果兔拿出怪獸卡收集冊遞給智童。

「叛徒！你怎麼現在才說？你明明知道我一直都在收集怪獸卡。」

「你⋯⋯又沒有問我。」

蘋果兔嚴肅的回答，接著若無其事的將目光移回筆電。她最近一抓到空檔就不斷埋頭寫程式，看起來很忙。

「是啊！我沒問過你，對不起。」

智童搔著頭道歉。

「難道沒有方法可以確認牌卡到底是不是假的嗎？」

莉朵把智童的怪獸卡遞給漢璽。漢璽聽了莉朵的話，開始仔細查看牌卡，但是這樣還是無法辨別真偽。

於是漢璽在蘋果兔的收集冊中，找出與智童相同的牌卡，將兩張卡一起放在桌上，牌卡在窗外的陽光照射下閃閃發亮。漢璽仔細端詳卡片後，對智童說：

「你看這個防偽雷射方向，如蘋果兔所說，她的是對角線方向，你的是直的；而且兩張卡放在一起，你這張卡比較暗。最關鍵的一點是，你的卡面有奇怪的圖案，正版的牌卡沒有。」

「咦？哪裡有奇怪的圖案？」

智童很慌張，漢璽打開手機的手電筒，照在智童牌卡上的某個角落，那裡有個像簽名的小圖示，乍看之下很容易忽略。

「天啊！這是什麼？所⋯⋯所以這張卡真的是假的嗎？」

智童腿軟似的一屁股坐下。沒想到放棄限量足球所購買的牌卡，竟然是假的！

「尹智熊，我從一開始就覺得你的行為很詭異，沒想到是被人用假牌卡詐騙！」

「唉，我在跟賣家聊天時，你一直跟我說話，害我沒辦法專心才會這樣。」

智童怪罪漢璽，然後試圖私訊聯絡賣家，但畫面顯示賣家稀有卡大師已經退出會員。

「糟糕，我的三百五十元！如果報警，警察會幫我抓他嗎？」

「我們就是偵查隊啊！你忘了嗎？」

莉朵有點難為情的說。智童聽到她的話，臉上原本失望的表情轉變成絕望。

「對啊，我是偵查隊隊員，竟然還被詐騙，感覺更可悲。」

「唉，尹智熊，你好好檢討自己有沒有成為真正的祕密偵查隊隊員的資格吧！」

漢璽再度出言不遜的指責他。智童像是要哭出來一樣，再次拿出手機。

　　「他說不定正在用不同的 ID 詐騙其他人。」

　　智童想再仔細檢視是否有不同 ID 但相似的貼文。正當智童盯了螢幕好一陣子，眼睛開始乾澀時，一篇怪獸卡相關的文章映入眼簾。

寧靜里二手市場 ＞

小綠帽

我是小學生，尋找四天前跟我進行牌卡交易的賣家「多龍多龍」。那天他要我去做奇怪的打工，警察正在追我。

　　「什麼奇怪的打工啊？居然還會被警察追？你們……」

　　智童本來想跟其他人分享，但說到一半卻把話吞回肚裡，因為他怕又會被漢璽碎念，罵他看那些亂七八糟的貼文會再被騙。

　　因此，為了更進一步了解實情，他試著跟小綠帽聯絡。

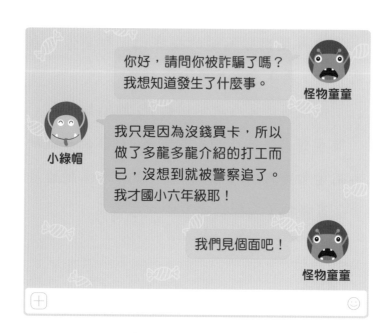

你好，請問你被詐騙了嗎？
我想知道發生了什麼事。
怪物童童

我只是因為沒錢買卡，所以做了多龍多龍介紹的打工而已，沒想到就被警察追了。我才國小六年級耶！
小綠帽

我們見個面吧！
怪物童童

　　直覺很強的智童立刻感覺到異樣，如果只是芝麻小事，警察絕不會介入。而極力想彌補之前過度宣揚偵察隊事蹟的智童，這次決定要靠自己的力量獨自面對，向大家證明他具有成為221犯罪偵查隊隊員的資格。

　　接下來，正是他身為221犯罪偵查隊隊員，必須解決的事件。

小綠帽

四天前，暱稱小綠帽的晟勳剛好拿到零用錢，總算能買想要的怪獸卡，於是他就像平常一樣登入二手交易 app。

> **寧靜里二手市場 >**
>
> **多龍多龍**
>
> ────────────────────────
>
> 販賣珍貴的稀有怪獸卡，一張三百元。
> 請看照片並私訊。

在那篇販賣文中也有其他晟勳想要的卡，不過，因為這張稀有卡很難得到，所以他認為三百元不貴，於是他毫不猶豫私訊賣家。

但在這之前，晟勳也聽朋友說過曾在二手交易 app 被詐騙的案例，因此他在交易前，再三確認賣家「多龍多龍」，不僅有持續在二手交易 app 活動

的紀錄，也有許多買家完成交易之後，所留下的良好評價，才決定向他購買。

晟勳在私訊不久後收到回覆。

第一次的交易很順利，晟勳輕鬆入手想要的牌卡。他在住家附近跟多龍多龍面交，發現他們兩人年紀差不多。

然而到了隔天，晟勳打開二手交易 app，同樣發現自己想要的牌卡，殊不知是後續一連串問題的開始。多龍多龍上傳了前一天沒有的超級稀有卡，要價竟達七百元。

晟勳私訊多龍多龍，拜託他打折，原以為有面交成功的交情，對方可能會答應他的請求，但是多龍多龍斬釘截鐵的拒絕了。

此時，多龍多龍話鋒一轉，再度向盯著手機、悶悶不樂的晟勳搭話。他說他是靠打工賺錢來收集卡片，建議晟勳也可以如法炮製。

「不過，小學生可以打什麼工啊？」

聽到小學生也能打工賺錢，晟勳興致勃勃。多龍多龍仔細說明工作內容：只要在寧靜里特定的場

所跟特定的人見面，拿到紙袋後再轉交給另一個人即可，收取紙袋的人會同時支付打工費。

「什麼？太簡單了吧？」

只是跑腿而已，打工費竟然高達兩千元！因為工作內容比想像的簡單太多，晟勳二話不說便答應了。

為了成為朋友中收集到最多怪獸卡的人，他決定把打工的錢全都拿去買牌卡。

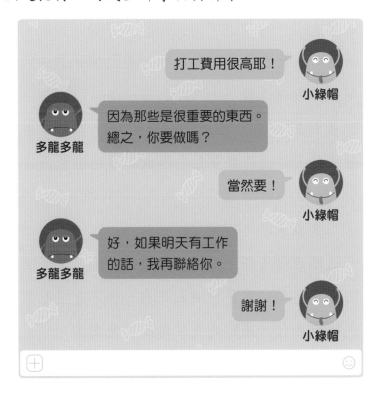

晟勳真心感謝多龍多龍。其實第一次見面的時候，他本來以為能再交到一個年紀相仿的朋友，但多龍多龍看起來態度強硬又粗魯，而且一臉冷漠的樣子，完成交易就馬上離開，他只好打消交朋友的念頭。沒想到今天多龍多龍卻介紹他這麼簡單又好賺的打工。

隔天，多龍多龍依照約定聯絡晟勳，把取貨的時間、地點，以及面交對象的外型、穿著等特徵告訴晟勳。

此外，他也提醒晟勳絕對不能打開紙袋，只要打開就拿不到工錢。

晟勳提早從家裡出發。他今天下午要在寧靜噴泉廣場，向一位身穿藍色格紋衣服的老爺爺拿取紙袋。

「老爺爺在哪裡呢？」

晟勳左顧右盼，尋找老爺爺的身影，幸好噴水池附近看起來像老爺爺的人只有一位，身上也穿著藍色格紋上衣，晟勳便毫不遲疑朝他走去。

「爺爺，您好。」

老爺爺看到晟勳迎面走來，雖然臉上露出驚嚇的表情，但還是心不甘情不願的遞出紙袋。

「這……這個……」

晟勳不明白老爺爺臉上為何如此驚恐，但還是依約收下紙袋。突然，有人在晟勳身後大喊。

「抓起來！」

噠噠噠噠。

成群的沉重腳步聲往他和老爺爺逼近，晟勳完全沒有思考的時間，轉身拔腿就跑。

「為什麼？他們為什麼要抓我？」

一頭霧水的他聽到身後不斷傳來的腳步聲。

「我們是警察！站住！」

有人大喊。晟勳的心臟狂跳。

警察為什麼要追我？這是奇怪的東西嗎？晟勳索性直接把手裡的紙袋丟在路邊。

「我只是打工跑腿而已！」晟勳邊跑邊喊。

氣喘如牛的他好不容易甩掉警察，一回到家，鞋子還來不及脫，雙腳癱軟的一屁股坐在玄關，腦袋一片空白。

「這到底是怎麼回事？」

心臟到現在還怦怦的大力跳動著，而恐懼的情緒這時才慢半拍襲來。剛剛發生的事情實在令人難以相信，到底是現實？還是夢境？原以為只會在電影中發生的情節，今天竟然真實上演。

「那些真的是警察嗎？」

聽到他們是警察的瞬間，晟勳頓時以為自己真的成了犯人、世界要崩毀了，但是他並沒有做錯什麼事啊！

如果真的是警察，剛剛應該停下來仔細說明才對，像他因為害怕而逃跑，說不定顯得更可疑。這個時間會不會通緝令已經下來了，大家正在四處搜索呢？晟勳越想越害怕。

「我一定要問清楚，事情怎麼會變這樣……」

晟勳趕緊打開二手交易 app，想傳訊息給多龍多龍，但畫面顯示多龍多龍已經退出會員。

「不會吧！他怎麼退出了？」

晟勳很慌張，顯然那個紙袋裡裝的東西一定有問題。

回想當初多龍多龍說
絕對不能打開紙袋的時候就
不太對勁，但是晟勳一心只
想賺錢，完全沒有懷疑。

　　現在聯絡不上多龍多龍，
還可能因此受到牽連，就算說自己
什麼都不知道、是誤會一場，也不見
得有人相信。二手交易 app 的特性就
是不必交換個資，所有交易都是透過
app 裡的聊天室完成，因此只要退出會員就
無法取得聯繫。

　　「怎麼辦？該怎麼做才好呢？」

　　晟勳曾想要跟父母坦承這件事，但一想到他
們知道自己可能跟犯罪有所牽連，一定會先發飆
再毒打他一頓。無計可施的晟勳只好發文尋找多
龍多龍。

　　他認為如果有人認識多龍多龍，或跟他一樣
因為多龍多龍受害的人，也許會跟他聯絡。令他意
外的是，第一個回訊息的竟然也是小學生。

「你真的能幫我嗎？」

晟勳雖然不敢相信急忙跑來的智童只比自己小一歲，但另一方面他也很開心有人可以讓他敞開心胸聊受騙的事，而且他說的話智童全都相信。

「其實我是 221 犯罪……」

智童要說出自己是 221 犯罪偵查隊隊員的剎那，腦海中浮現了漢璽生氣的臉，以及他說過的話：「如果到處講，那就不叫祕密偵查了。」因此智童趕緊閉嘴。

「221 什麼？」

「啊……我沒辦法跟你詳細解釋。總之你放心，我可以幫你，我認識一個對我來說就像是大前輩的刑警。我會好好跟他說，不是你的錯！」

智童大聲保證。雖然這是連警察都關注的事件，不可能不擔心，但是智童了解來龍去脈後，他認為晟勳並沒有做錯事。

「真的嗎？但我還是覺得有點可怕……如果他不相信我怎麼辦？」

「警察為什麼要抓無辜的人呢？警察是在幫

助委屈受害的人啊！」

　　縱使嘴上這麼說，智童的心裡卻隱隱感到不安。智童暗忖，說不定警察真的誤會晟勳了，若真是這樣的話，目前最清楚事件狀況的人非他莫屬，他也只能硬著頭皮找221犯罪偵查隊幫忙了。

　　智童聽著晟勳的故事，對於他打工的動機很有共鳴。畢竟這款怪獸卡隨時可能會被買走，難免感到心急如焚。而在急需用錢的情況下，不放過任何打工機會，也是無可厚非的事，更何況只是轉交一個紙袋而已。

　　不過，智童另一方面也不知道該如何對其他隊員說明這件事。漢璽肯定完全不懂他們的心情，只會冷嘲熱諷說只有笨蛋才會上這種當，為了買怪獸卡而貿然打工，沒有事先了解就一口答應，會被騙一點也不奇怪。

　　「你放心，我暫時不會把你的事告訴警察。我想先找找看多龍多龍，只要抓到他，你就能洗清嫌疑了，相信我！」

　　智童拍胸脯保證。他想用這番話安慰晟勳，也

想自我喊話。沒有人比他更了解這次案件，因此他希望自己能全權主導調查。

尤其是現在，每個人都怪他到處宣傳221犯罪偵查隊，智童想藉此重新展現自己的能力。

只要幫助晟勳順利解開和警察之間的誤會，一定能贏得其他隊員的認可。他迫切的想證明自己是 221 犯罪偵查隊不可或缺的人才。

　　再加上已經有很多人認識漢璽和莉朵，所以智童認為，自己沒沒無名正是調查這起事件的最佳人選。

　　智童在 221 祕密事務所門前，深吸一口氣，以安撫緊張的心情。他決定獨自行動，並且盡量不讓其他隊員察覺有何異樣。

　　幸好園所長和劉祕書出差了，他只要設法瞞過漢璽與莉朵就好。至於蘋果兔，不知道是在忙著打電動還是寫程式，她對於智童的到來毫無反應。

　　「哈囉。」

　　智童一邊跟大家打招呼，一邊步入祕密事務所，自顧自的走到角落，悄悄打開二手交易 app，若無其事的看著怪獸卡相關貼文，就像平時一樣，而他沒有注意到莉朵的視線始終緊跟著他。明明是個尋常的舉動，但今天在莉朵眼裡，一切看起來都很反常。

「尹智童。」

「嗯？啊？你叫我嗎？怎麼了？」

莉朵盯著智童，然後開口叫他，智童嚇到彈起身來。

「你是不是有什麼事沒說？」

「啊？我哪有？」

「你現在看起來很奇怪。」

「哪裡奇怪？」

智童連忙搖手否認，然而莉朵並未因此罷休。

「你明明習慣舉手擊掌跟人打招呼，就算離你再遠，你都會主動走近和對方擊掌，可是今天卻刻意避開我們，只遠遠的揮手示意。而且，你竟然放著最舒服的沙發不坐，跑到角落滑手機。你一定有事瞞著我們，為了避免被大家發現，所以刻意和我們保持距離。對吧？」

「哪……哪是！」

「你結巴的樣子也很可疑，從我剛剛叫你名字開始到現在，你說起話來支支吾吾，音量卻又

莫名比平時高出許多，代表你現在很緊張，除此之外，你剛才不只雙腿發抖，還一直舔嘴唇。」

智童嚇了一大跳，立刻用手摀住嘴巴，不過莉朵早已看穿他。

「智童，你是不是在擔心什麼？看你老是假裝看手機卻不斷偷瞄我的樣子，你不用開口就已經如實呈現了一切。」

聽完莉朵的話，智童才發現自己的樣子不但跟平時大相逕庭，也小看了莉朵的觀察力。

智童果然無法「保密」。只好無奈的一五一十全盤托出。

「老實說，我……」

調查的起點

「因為要抓到多龍多龍，才能洗清晟勳的冤屈，所以我想要偽裝成跟他一樣沒錢，但是想買怪獸卡的人，引誘多龍多龍接近我！只是現在你和漢璽因為我而變得太有名，蘋果兔好像也不想插手，所以⋯⋯」

「等一下，你是說你決定調查這件案子了？」

莉朵驚訝之餘，連忙翻開神祕資料夾。因為之前各種突發狀況，她直接把資料夾放在 221 祕密事務所，以備不時之需。翻開後，她發現之前沒有顯示案件名稱的頁面浮現了新的字。

怪獸█▲音▮▮事件

「哇！字真的出現了，像變魔術一樣。」

智童驚訝的跳了起來，莉朵則冷靜的嘗試解讀檔案報告書。雖然案件名稱尚未完全揭露，但這件案子確實跟怪獸卡有關。

「是怪獸卡打工詐騙事件嗎？」

「雖然字數一樣，但是用字對不上。總之可以確定的是，我們已經接下這個案子了。」

「我們？我原本想自己處理的說……」

智童語帶遺憾，臉上也寫滿失望。莉朵可以理解智童的心情。智童在因為買怪獸卡而受騙的晟勳身上，看到自己的影子，加上智童對怪獸卡瞭若指掌，他想藉此得到大家認同也是合情合理。

「那麼這次事件就由你來主導調查吧！如你所說，很多人都認得我和漢璽，而且我們也不了解怪獸卡，難以確實掌握調查方向。」

「由我主導嗎？」

見到智童眼神瞬間亮了起來，莉朵拍板定案。

「接下來就拜託你了，我想除了你之外，沒有人能勝任。」

「沒問題！」

智童興高采烈的蹦蹦跳跳，這次談話的過程和結果也讓莉朵感到欣慰。她感覺到自己變了很多，從前她根本不會有這種想法。

當莉朵向其他人說明這起智童接下的案子，以及對調查方法的建議後，蘋果兔二話不說便點頭同意。然而不出所料，漢璽露出了不滿意的表情。

「我認同智童很了解買賣怪獸卡，也認為如果想要抓到指派打工的犯人，由智童積極出面是正確的做法。但是這樣就夠了嗎？」

「這樣就夠了吧！不然咧……」

智童嘟著嘴說。

「我們不是大人，也不是真的警察，採取任何調查行動，都有可能讓自己身陷險境。因此我認為，這次要把案子交給警察處理才行。說到底，我們連紙袋裡裝了什麼都不知道。」

不愧是漢璽，看出了實際層面的問題。不過莉朵還是想先多收集案件的真相之後，再交給警察。因為這很明顯是利用兒童行使犯罪，也是221犯罪偵查隊最擅長調查的目標。

事實上，莉朵對這件案子的興趣不亞於智童。

「莉朵，你站在智童那邊嗎？蘋果兔你應該也跟我一樣，覺得交給警察處理比較好吧？」

發現莉朵與智童意見一致，漢璽轉頭望向蘋果兔。

　　認真敲打鍵盤的蘋果兔抬起頭，推推眼鏡說：

　　「我認為這是能夠證明我們價值的機會，既然對象都是小學生，我相信我們能做得很好，應該要好好把握。」

　　蘋果兔跟平時截然不同，一字一句清楚表達自己的意見，隨後便回過頭專注在筆電螢幕上。

　　「你現在說話怎麼不會結巴了？」

　　漢璽感到詫異。

　　「對啊！還說了一段很深奧的話。大家放心，這次我會努力表現，有你們的幫忙，我一定可以好好發揮實力！」

　　智童雙手合十，神情懇切的說。

　　「這不是光靠努力就能做到的事。」

　　漢璽的語氣緩和了不少，智童察覺到這一點，發出了驚人的宣言：

　　「如果我無法解決這起案件，我會退出221犯罪偵查隊！」

「太誇張了吧！沒必要這樣……」

正當漢璽尋思該說什麼才好的時候，莉朵趕緊做出結論。

「總之，就這麼決定囉！這個案子由我們自己先處理看看。」

接下來幾天，智童密切關注二手交易的貼文。蘋果兔表示要先累積二手交易紀錄，才能降低犯人的戒心，並舉一些網路上的偽裝手法，例如，把惡意程式碼藏在看似正常的連結中，不著痕跡的讓對方以為有利可圖，但目的就是要誘導對方點擊。

「累……累積越多交易紀錄，在二手交易 app 上的評價越高；評價越高……越不容易引起懷疑，還可以透過免費贈送贈品維持高評價。」

「沒錯，我也聽說二手交易 app 的老用戶更值得信任。」

智童接受蘋果兔的建議，立刻想辦法累積二手交易紀錄。雖然怪獸卡是主要交易商品，但一股腦大買特買，可能也會啟人疑竇，所以他偶爾也會上架商品賣給其他人。

「這⋯⋯這個⋯⋯」

蘋果兔害羞的拿出一個無線滑鼠。

「我⋯⋯我用不慣⋯⋯」

「嗯？你要賣這個滑鼠嗎？好感動喔！」

「反正⋯⋯我用不到，可以當作贈品上架。」

莉朵在一旁聽見蘋果兔和智童的對話，也開始尋找可以上架的東西。此時，莉朵瞄到掛在包包上的小熊鑰匙圈。這個鑰匙圈乍看像是一團毛球，但仔細看，會發現它其實是一隻有眼睛、鼻子、嘴巴的可愛小熊。莉朵取下小熊鑰匙圈並把玩一下之後，便把它拿給智童。

「我也來贊助你。」

「何莉朵最棒了！這是毛球嗎？好可愛。」

莉朵把小熊鑰匙圈交到智童手中時，內心百般不捨，不過看著智童開心的樣子，她也說不出要收回鑰匙圈的話。

「這不是毛球，是小熊⋯⋯再見了，熊熊。」

智童沒聽到莉朵喃喃自語，自顧自的開始為小熊鑰匙圈和無線滑鼠拍照，準備上架贈品。

「等一下！」

莉朵幫忙調整小熊鑰匙圈的角度，希望盡可能拍出好看的照片。

「你發文的時候，可以註明只有喜歡玩偶的人才能索取嗎？」

智童依照莉朵的要求寫下貼文並上傳，沒多久就收到想要索取贈品的留言。

留言 >　　　　　　　　　　　　　　•••

格雷

我想要索取小熊鑰匙圈。
我想送給妹妹當禮物，她很喜歡玩偶。

「成交了！」

智童開心的出門面交，莉朵懷著不捨的心情頻頻望向玄關。她從來沒有告訴過任何人，在她心中，玩偶就是她珍貴的朋友。這次為了幫助智童，她著實下了很大的決心。

在一筆一筆累積二手交易紀錄的過程中，智童刻意一再強調自己缺錢。

這是來自莉朵的建議。

要讓「沒錢買想要的東西」的印象深植人心，智童才有機會成為犯人的目標。智童跟網友聊天的時候，莉朵三不五時也會關心查看，甚至建議他該如何應對。

「哇！我超想要這張卡耶！」

智童下意識的驚呼，漢璽聽他這麼一說，馬上用犀利的眼神瞪他。

「調查這個案子不是為了讓你收集牌卡！不要公私不分。」

「哼，我知道啦！」

智童噘著嘴，看了看漢璽。可能因為漢璽是唯一對調查計畫提出反對意見的人，所以只要事情發展稍有不順，智童就會特別在意漢璽的態度。

「啊！這個被買走了。」

「什麼？」

「沒事。」

漢璽隨便一句話，都令智童備感壓力和挫敗。智童每天悠哉的進行二手交易，完全沒有把握何時

才能接到可疑的打工邀約。

一想到要一直看漢璽的臉色，智童感到身心俱疲，再加上根本無法預料到底還要等多久才會有所進展，智童心裡越來越焦急。

「還是我直接發文找打工好了？」

「我看到……二手交易 app 上也有很多徵人或求職的貼文。」

聽到蘋果兔率先表達意見，智童接著轉頭看向莉朵和漢璽。

「這個主意好像不錯。目前為止，你已經累積了不少怪獸卡交易紀錄，為了收集更多牌卡想找打工也很合理。」

隨著莉朵表示贊成，漢璽也默默點頭。既然其他會員都會發文找打工，他自然沒有理由反對。

「我想找小學生能做的打工，因為想要賺錢買怪獸卡。我的體力很好，跑步也很快！」

智童發完找工作的貼文之後，也開始向其他怪獸卡賣家攀談。

他決定要積極一點。

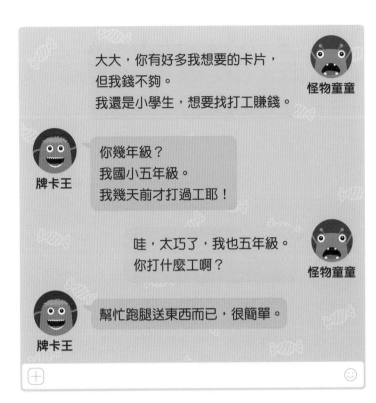

大大，你有好多我想要的卡片，但我錢不夠。
我還是小學生，想要找打工賺錢。
怪物童童

你幾年級？
我國小五年級。
我幾天前才打過工耶！
牌卡王

哇，太巧了，我也五年級。
你打什麼工啊？
怪物童童

幫忙跑腿送東西而已，很簡單。
牌卡王

「就是這個！」

跑腿送東西的打工訊息終於出現了！智童提醒自己，在這種時候，更需要保持鎮定。他心知肚明自己最大的缺點就是個性太急，為了不再被漢壐使臉色，他得小心避免犯錯，凡事都必須先確認清楚再行動。

畢竟現在完全不知道對方是單純打過工，還是可以幫忙介紹打工的人？

智童一時千頭萬緒，不知該如何應對，此時莉朵探頭過來，順手接過智童的手機，假裝自己是智童，自然而然的繼續聊下去。

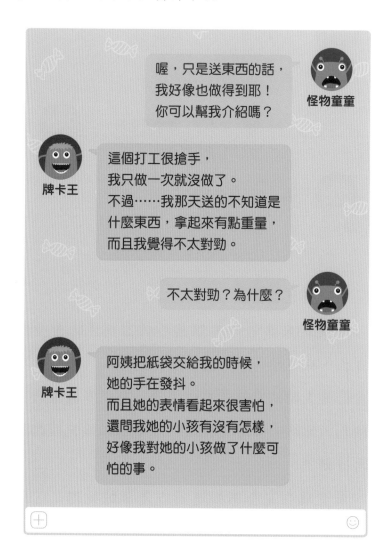

莉朵總覺得事件的發展模式很熟悉。阿姨會不會是受害人？被犯人逼迫要交給某人某個東西⋯⋯那個東西裝在紙袋裡，拿起來有點重量，但打工的人不知道是什麼⋯⋯最後阿姨還問打工的人自己的孩子有沒有怎樣？

莉朵非常震驚。假設她想的沒錯，這個案子可能和重大犯罪有關，而只是小學生的牌卡王，在一無所知的情況下被捲入犯罪行為。

「要是紙袋裡裝的是錢⋯⋯」

莉朵的語氣堅定，周圍瞬間安靜下來。

「智童，晟勳上次去哪裡打工？」

「啊？在寧靜噴泉廣場。」

「那附近有銀行嗎？」

「嗯，廣場對面有寧靜銀行。我之前就是在寧靜銀行門口跟賣家面交，結果買到假的怪獸卡！現在想起來還是很生氣，可惡！」

智童憤怒的握緊拳頭。

「對啊⋯⋯我怎麼沒想到呢？這起案件可能遠比我們所想的更加重大。」

莉朵嘗試將線索串連起來，腦海中原先模糊不清的畫面逐漸清晰。

「在銀行附近，一個阿姨拿著疑似裝有現金的沉重紙袋，一邊發抖一邊詢問孩子的安危……這些要點都指向一種可能，那就是……語音釣魚攻擊！蘋果兔，幫我搜尋一下相關報導。關鍵字是銀行、語音釣魚……」

「有了。」

莉朵還沒說完關鍵字，蘋果兔就已經找出最新的新聞報導。

語音釣魚犯罪，現金車手當場被捕

詐騙集團以語音釣魚的方式向A女士撥打詐騙電話，聲稱其愛女遭到綁架，威脅A女士至指定銀行領出一百萬元現金，並至指定地點交給車手（中間人B）。

因A女士察覺電話中女兒聲音有異，便立刻報警。最終，車手在現金轉交過程中，被警方當場逮捕。另一方面……

「太扯了。」

至指定銀行領錢的受害人，加上出面收錢的中間人，與晟勳的案子有許多共同點。而利用單純的小學生當中間人進行犯罪，令莉朵感到難以置信，也相當憤怒。莉朵再次翻開神祕資料夾，進一步確認案件內容。

怪獸▓▓音▓▓事件

「怪獸……卡……語音釣魚事件。」

字數和用字都對上了。

「語音釣魚？語音釣魚不是打電話騙錢的詐騙手法嗎？跟這個事件有什麼關係？晟勳沒有被電話詐騙啊！」

智童早有耳聞語音詐騙，就是詐騙集團打電話給受害人，以佯稱對方被捲入金融犯罪，或家人遭逢危險為由，向受害人騙取金錢。

智童的爸爸曾經接到類似的電話。對方自稱是檢察官，要求智童的爸爸協助調查，害智童的爸

爸差點損失一筆鉅款。歡樂跑跑跑遊戲斷線事件當時，智童也收到帶有惡意程式碼的釣魚簡訊。

「犯人應該是打電話給被害人，謊稱被害人的家人受傷或是被綁架了，向對方勒索大筆錢財，然後再利用小孩當作向被害人收取現金的中間人。也就是說，犯人利用孩子們對收集怪獸卡的渴望，誘騙純真無知的孩子犯罪，把他們變成共犯！」

「什麼……」

聽完莉朵的分析，智童嚇得說不出話來，漢璽和正在敲打鍵盤寫程式的蘋果兔也聽得目瞪口呆。

「對耶……我也有收過冒充是我女兒傳來的簡訊。我哪來的女兒啊……」

經蘋果兔一說，莉朵也想起曾收到宅配送達的通知簡訊，內容卻夾帶惡意連結。這些都是涉及電信詐騙、竊取個人資料，並用於犯罪的常見詐騙手法。

一想到人人都可能成為犯罪集團的目標，莉朵忍不住直搖頭。始終在一旁靜靜聆聽的漢璽，表情也變得十分凝重。

「居然是電信詐騙，這起案件的影響層面可能遠超乎我原本所想。」

莉朵沒有回答，但是她的想法也跟漢璽一樣。為了拯救那些被犯人利用的同齡孩子，他們不能輕言放棄。

「如果我們直接去做這份打工，應該可以加快調查進度。」

明明已經掌握了語音釣魚這個線索，但能採取的行動卻非常有限，令莉朵感到很無力，其他隊員似乎也有同感。漢璽陷入沉思，蘋果兔則使勁敲打著鍵盤。

「我想再找找看有沒有其他疑點。」

果不其然，智童率先從坐位站起來，漢璽見狀便出言勸阻。

「冷靜點，行事過於急躁的話，反而會引起犯人懷疑，甚至提防我們。」

「啊，這樣啊……」

智童嘆了一口氣，重新坐回位子上。

「滴鈴鈴。」此時，一陣鈴聲傳來。

「咦？有訊息。」

智童一臉疑惑的掏出手機。

原來是有網友看到他剛剛上傳的「尋求打工機會」貼文後，私訊聯絡他。

「格雷？咦？這是剛剛跟我索取小熊鑰匙圈贈品的人！」

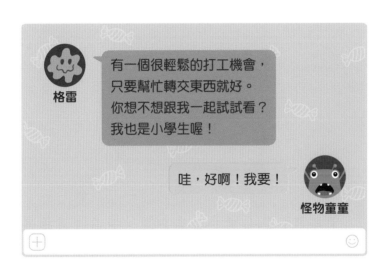

「成功了！」

智童大喊。等待以久的機會終於來了，他感到欣喜若狂。看著他開心的樣子，漢璽喃喃自語：

「尹智熊，你還滿有一套的嘛！」

PART 2
潛入

語音釣魚

　　園所長和劉祕書一結束出差，便前往事務所，一聽到孩子們正在執行的計畫，兩人訝異不已。不單單因為溫警官向他們委託了同一起案件，更驚豔於孩子們的行動力。

　　「你們真的靠自己調查了這麼多線索嗎？」

　　孩子們居然在聽完被害人的故事後，模仿被害人的做法拋出誘餌。

沒想到在短時間內，這群小朋友已經成為出色的搜查隊員。看來不但在下游活動的車手難逃法網，或許還能揪出幕後的電信詐騙集團。

　　「智童真的很努力。」

　　莉朵讚揚智童的表現。智童故作得意狀，調皮的用手指比 YA。

　　「做得很好。不過，語音釣魚犯罪並沒有想像中那麼好對付，現在的詐騙手法細緻到任何人上當都不足為奇。此外，他們還會用威脅等各種方式，阻止受害人上網搜尋資料或與他人聯絡，因此一旦掉入詐騙陷阱便很難脫身。」

　　「真的嗎？我也許會被騙，但是像漢璽這麼聰明的人，應該不會上鉤吧？」

　　智童指著漢璽。園所長搖了搖頭。

　　「這個手法會造成煤氣燈效應，也就是當被害人長期受到詐騙集團心理操縱，會導致被害人質疑自己的想法、現實和記憶，使得詐騙集團能完美控制被害人。而任何人都可能誤入陷阱，因此提高警覺，避免捲入詐騙是很重要的。」

所長把語音釣魚相關資料分發給隊員們。

「被害人的年齡分布範圍極廣，許多人一輩子的積蓄就這樣沒了。」

「利用被害人對家人的關心犯罪，太壞了！」

莉朵及蘋果兔讀著語音釣魚的案例，感到憤憤不平。所長面露惋惜的點了點頭。

他們從資料中得知許多相關案例。知道得越多，越覺得那些利用小朋友進行犯罪行為的人非常可惡。所長也難掩擔憂的神情。

「請讓我繼續調查，所長。」

聽著智童真摯的語氣，所長了解智童對這起案件非常投入。

目前為止，調查進展得十分順利，似乎沒有喊停的必要。即便如此，所長心裡仍莫名感到不安，他認為這不僅僅是單純的語音釣魚犯罪而已。

「我調查了那個介紹打工機會的格雷……」

在眾人言談之間，蘋果兔已經完成了對格雷的調查。

「他沒有可疑之處……不過有點奇怪……」

「啊？沒有可疑之處，但是有點奇怪？」

「他最近一年內的交易紀錄，只有不久前跟智童交易的那一筆而已。」

蘋果兔神情嚴肅。然而莉朵與漢璽並不覺得奇怪，畢竟智童也是最近才開始使用二手交易 app。

「他說不定最近才開始用二手交易 app 啊！」

「不……不是，他不是最近才安裝二手交易應用程式。一年前，他也有用這個 app 買賣二手商品。我之所以覺得奇怪，是因為他一年前的貼文，完全像是另一個人寫的，而且他買賣的都是嬰兒用品，一看就是典型的……」

「有小孩的媽媽？」

「沒……沒錯，從交易紀錄看來……像是有小孩的媽媽。」

「對耶！這個帳號之前交易的商品大部分都是小寶寶的東西，有奶瓶、玩具、圖畫書……」

「可是格雷明明就說他是小學生，還要我跟他一起打工……之前來跟我面交小熊鑰匙圈的也是小學生啊！」

智童歪著頭說。所長一直專心聽著孩子們的對話，終於知道心中那股不安的感覺就是來自「打工」這兩個字。

　　他想起那張在路上撿到的黑色名片，雖然上面「誠徵工讀生」的字瞬間消失無蹤，但顯然跟這個案子有所關聯。

　　所長沉浸於思緒中，心不在焉的整理桌面，眼光無意間落在智童買的怪獸卡上，牌卡的一角有一個他再熟悉不過的簽名，就跟寧靜公寓牆上的簽名一模一樣。

　　「這是……」

　　「我設計的簽名很酷吧？」

「嗯？不就只是塗鴉而已嗎？」

「就是要跟塗鴉一樣才酷啊！你懂什麼！」

那孩子咧嘴一笑。當年還小的園所長並未對此感到不滿，他覺得一定是自己不懂，那孩子才會說這種話。當時他認為那孩子說什麼都是對的。

「你為什麼要設計簽名？」

「因為我會成為非常有名的人，所以要先設計好簽名。」

「有名的人？」

那孩子一臉興奮的沉醉在美好的想像中。

「非常非常有名的……世界級大壞蛋！」

「所長，你拿著我的怪獸卡在想什麼呢？」

智童的聲音把所長從回憶中拉回現實。

「啊，這是你的嗎？」

「是我的，不過那是假卡，我被騙了。」

「這是假的？」

所長感到非常訝異，沒想到連這種牌卡都有假貨！但他的疑問隨即得到漢璽的解答。

「高價販售假的怪獸卡，沒錢的人就只能去打工，雖然我還是無法理解他們為什麼會被騙！」

「啊⋯⋯」

所長的目光始終停留在牌卡角落的簽名。難道那孩子真的在實踐他從小立下的駭人目標嗎？

這些兒童犯罪剛好都集中發生在寧靜里，讓這個假設更添一分可能性。隨著那孩子的行跡陸續浮現，在在顯示出他要從自己童年生活的地方開始實現野心的事實。

當年那個發下豪語要成為大壞蛋的孩子，現在已經長大成人，正千方百計落實自己的目標。製造假的怪獸卡引誘兒童也是計畫的一部分，藉此進行電信詐騙，再下一個階段又有什麼更大的陰謀呢？究竟接下來還會發生什麼事？所長內心湧現一股巨大的危機感。

「這個案子我們最好就此收手，剩下的交給溫警官處理。」

不僅是智童，連莉朵、漢璽都愣怔了片刻，難掩心中的遺憾。

因為親眼見證智童這段時間的努力，莉朵希望能說服所長繼續調查，然而所長態度十分堅決。

「如果我們再深入調查，應該能掌握更多利於逮捕犯人的線索吧？」

「這件事可能比你們所想的還要危險許多。其實不久前，溫警官已經告訴我，當初警方在寧靜噴泉廣場抓電信詐騙車手時，不小心錯失良機，而那個車手看起來還是小學生，所以才向我們尋求協助。但我現在認為這起案件對你們來說太危險了，最好不要再繼續涉入。」

所長語氣強硬。他們不明白為什麼所長忽然改變心意，明明剛才還誇獎隊員們做得很好，要大家繼續調查的啊！但是所長都說溫警官正在處理並開始調查晟勳了，隊員們也無話可說。

孩子們默不作聲，神色各異的陷入各自思緒之中。與此同時，所長立刻聯絡溫警官，向他分享目前得知的案件情況。溫警官一接到消息，便直奔221祕密事務所。

「真的抓到那個車手⋯⋯不對，那個打工的學生了嗎？」

「前輩，晟勳沒做錯什麼事，若硬要說錯在哪裡，頂多就是太想要怪獸卡而已。」

智童苦苦哀求溫警官。他認為要是警察冷不防的跑去逮捕晟勳，晟勳一定會被嚇壞，因為晟勳這陣子以來，每天都憂心被警察找上門。智童不能眼睜睜看著信任他的晟勳被抓走。

「如果他真的完全不知情，那不會有事；但若是他明知有犯罪疑慮還去做，才會有問題。」

「沒……沒有，他真的什麼都不知道！」

智童幾乎要哭出來了。漢璽看到智童的模樣，不禁頻頻搖頭。

「你認識他才多久啊？一副他是你親生哥哥的樣子，你太容易相信別人了吧！」

沒想到溫警官卻輕拍智童安慰他。

「別擔心，我相信221犯罪偵查隊尹智童同學的直覺。我會親自去見他，進一步了解情況。」

「謝謝前輩！」

智童轉身飛撲並緊緊抱住溫警官。瘦弱的溫警官踉蹌倒退幾步，才能勉強站穩。

因為尊重兒童的想法，心地善良的溫警官表示會親自調查，讓智童感到安心不少。

　　「還有，既然你們已經成功讓目標上鉤，我想拜託智童繼續發揮。接下來，你只要假裝打工，扮演把電信詐騙被害人的錢轉交給嫌犯，也就是車手的角色，後續警方會出面處理。順利的話，甚至能循線找到他們的窩藏地點。」

　　智童一聽到能繼續參與調查，興奮得跳了起來。他原本正因必須從調查中抽身、立刻把案件交給警方而感到失落。

　　一旁的所長眉頭深鎖，但沒有人察覺。

　　「嘻嘻，我要穿什麼去打工比較好啊？回家得精挑細選一下才行。」

　　「你每天都穿帽T，還有衣服可以挑嗎？」

　　漢璽嘀咕著。智童正在興頭上，對漢璽的話充耳不聞，一副打算為了參與調查買新衣服的樣子。

　　溫警官與園所長外出開會，討論具體的作戰計畫。事務所裡再度只剩下偵查隊員們，氣氛頓時變得很沉悶。

「我們明明立了功，為什麼覺得很失落？」

莉朵才剛說完，蘋果兔也悶悶不樂的說：

「因為我們無法一起調查到最後吧……幸好智童還能繼續參與。」

的確。沒有完成調查，等於半途而廢、一事無成，就算提供再多關鍵線索，也感覺不到解決事件的成就感。

不過大家也能理解所長的堅持，畢竟逮捕語音釣魚犯的行為十分危險，不單純只是兒童犯罪。整起案件的影響層面，早已超出 221 犯罪偵查隊的能力範圍，應屬於警察的職責了。

「咦？格雷聯絡我了。」

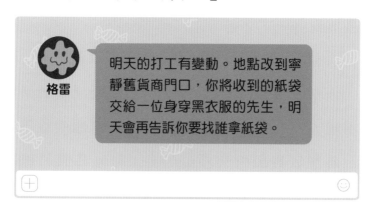

智童把格雷傳來的訊息給其他人看。

原本智童應該是要在寧靜噴泉廣場和一個男人面交。這樣看來，他們應該察覺到警方因為晟勳而盯上那裡，所以臨時更改地點。

　　「快告訴溫警官和所長吧！」

　　莉朵說。然而智童卻面露猶豫。

　　「一定要告訴他們嗎？」

　　「啊？你怎麼了？」

　　「我們……我們自己試試看不好嗎？我想過了。老實說，大家不是都覺得現在把案件交給警察很可惜嗎？反正寧靜舊貨商離寧靜噴泉廣場不遠，一旦發現苗頭不對，隨時都可以向大人求救吧！」

　　「要是有什麼危險的話，怎麼辦？」

　　「放心，不會有危險的。我打算想辦法跟蹤那個黑衣男，查出他的窩藏地點，我平常不是很會聊天，一下子就能和人混熟嗎？相信我吧！」

　　智童自信滿滿的說出霸氣宣言。出乎意料的是，漢璽只是靜靜看著智童，一句話都沒說。換作是平時，他應該會說「好了啦！尹智熊」之類的話，沒想到他接下來的回應更令人意外。

「我贊成。」

「你……你說什麼？」

莉朵反而成了最驚訝的人。這不像總是行事謹慎、注重安全的漢璽會說的話。

「如果是我們能力所及的事，先盡可能嘗試之後再交給警察也不遲。而且，要是犯人發現警方已經介入，可能會隱匿窩藏地點或是直接逃走，既然我們不容易引起懷疑，就先試試看吧！至少能先查出犯人窩藏的地址。」

「真稀奇，你跟我的想法竟然一致！」

智童又驚又喜。雖然漢璽的表情毫無變化，但平時針鋒相對的兩人難得意見一致，莉朵覺得很有意義，於是她點點頭說：

「好，試試看吧！」

隨即，蘋果兔的視線暫時移開筆電螢幕，吐出一句「服從多數」後，便再度埋首電腦前。

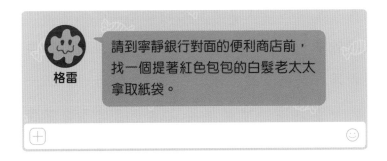

格雷

請到寧靜銀行對面的便利商店前，找一個提著紅色包包的白髮老太太拿取紙袋。

收到訊息後，智童立刻通知溫警官。溫警官派人去銀行將老太太平安送回家，並安排另一個人扮成老太太前往便利商店。

智童在約定的時間來到便利商店前，和拿著紅色包包的老太太碰面。老太太小心翼翼的將紙袋拿給智童。老太太的臉上布滿皺紋、滿頭白髮，可是雙手卻非常光滑。

「尹智童，加油！」

老太太小聲的說，智童才發現對方的身分。

「劉祕……呃。」

假扮老太太的正是劉祕書！智童驚慌失措之餘，連忙摀住嘴巴，接著便把紙袋緊緊抱在懷中，轉身快步離開。

擅長易容術的劉祕書經常參與調查並協助園所長，沒想到這次溫警官也請她出馬。接下來，依原訂計畫，智童告訴溫警官，他會前往寧靜噴泉廣場和黑衣人面交。

智童朝寧靜噴泉廣場前進，附近已有不少偽裝成一般民眾的警察待命，然而智童在即將踏入噴泉廣場的那一刻，驟然調轉方向，轉身前往後來更改的地點──寧靜舊貨商。

「啊，我的心臟……」

智童感覺心臟快要跳出來了。他將手按在胸口，試圖安撫張狂的心跳，卻突然感到後悔……

「我是不是不該甩開警察，獨自行動？」

如果黑衣男起了疑心，甚至動手打人的話，該怎麼辦？智童越想越不安。

智童緊閉雙眼，回想起之前看過的無數刑事犯罪電影，在電影裡，打人根本不算什麼，甚至還有刀槍等械鬥場面。

智童戰戰兢兢的環顧四周，緩步走近寧靜舊貨商門口。原本到處都是小朋友踢足球的吵鬧聲，竟瞬間變得人煙稀少、一片寂靜。智童無法按捺忐忑的心情，偷偷傳訊息給莉朵。

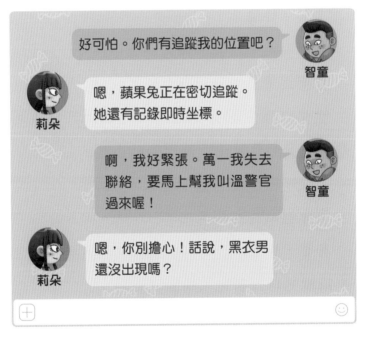

好可怕。你們有追蹤我的位置吧？
智童

嗯，蘋果兔正在密切追蹤。她還有記錄即時坐標。
莉朵

啊，我好緊張。萬一我失去聯絡，要馬上幫我叫溫警官過來喔！
智童

嗯，你別擔心！話說，黑衣男還沒出現嗎？
莉朵

看了莉朵的訊息之後，智童抬頭張望，完全沒看到符合描述的面交對象。

只見一個矮小的身影從遠處走來，他看起來跟智童同齡，皮膚白皙，還有一雙大眼睛。

「哇，看起來好像電視上的偶像耶！」

智童一邊讚嘆男孩的外表，一邊留意是否有黑衣男的身影。

此時，那個男孩快步走近智童，悄聲說：

「喂，快給我！」

「嗯？什麼？」

「你不是來給我那個的嗎？」

男孩指了指紙袋和身上的黑衣服。

智童以為黑衣男是個流氓之類的可怕人物，沒想到現身的竟然是與他同齡的小孩。

「沒……沒錯。來，給你。」

智童把紙袋交給男孩。

其實，智童本來想說如果對方很可怕的話，就暗中跟蹤他以找出犯人的藏身之處。

不過眼前這個男孩長相秀氣，身材比智童矮小，看起來力氣也不大。智童覺得不管發生什麼事，他都能制伏對方，於是他決定改變計畫。

「喂，你也是在打工嗎？你幾年級啊？」

「我？算起來⋯⋯大概五年級吧！怎麼問這個問題？」

男孩皺著眉回答。

「我也是五年級，我們做朋友吧！」

智童伸手想要跟對方擊掌。男孩看了一下智童的手掌，搖搖頭，然後從口袋中掏出兩千元，用手指夾著遞給智童。

「這是打工費。沒事的話，我要走了。」

眼見男孩轉身即將離開，智童連忙湊上去試著與對方攀談。

「欸，我們都住這一區，以後一起玩嘛！這份打工看起來很不錯，你賺多少了啊？」

「為什麼要告訴你？」

男孩雖然沒有生氣，但態度很冷淡。智童自認很擅長交際，可是眼前的男孩卻令他束手無策。

「因為我們是朋友啊！你叫什麼名字？」

「金時宇。你呢？」

「我叫尹智童。」

男孩出乎意料的說出自己的名字，智童想也不想便直接報上全名，下一秒旋即感到懊悔。他心想，何必說出真名呢？反正又不是真的要做朋友，隨便編個假名就好了啊！「又來了，尹智熊！」智童彷彿聽見漢璽譏諷的聲音。

「喔，你叫智童啊！你也想打工嗎？」

沒想到時宇竟主動問了問題，似乎比預期更好相處，智童以為他會冷冰冰的拒絕多聊。

「他是覺得我的名字聽起來很投緣嗎？怎麼忽然變得這麼親切？」

時宇的表情轉為和善，眼神也柔和許多。

「對啊！你的工作看起來比較厲害。」

智童用力點了點頭。

「你想當取簿手*嗎？」時宇繼續問。

「如果打工費更高的話，我想做做看。」

「你知道這份工作要做什麼嗎？」

時宇眼神狐疑，上下打量著智童。

智童擔心內心的想法被看穿，下意識迴避對方的視線。

---

*取簿手：接獲詐騙集團指令後，至便利商店或特定地點收取包裹，包裹內容物通常為被害人的存摺或提款卡。犯罪手法與車手不同。

「老實說，我不太清楚。但你一開始就知道要做什麼了嗎？」

「當然，這份工作不是誰都能做的。」

「我可以！」

智童一時忘了自己正在調查，因自尊心作祟而放聲大喊。

「你確定？」時宇緊盯著智童的眼睛。

「那⋯⋯你把手機給我。」

「手機？」

智童腦中一片空白。剛才和莉朵傳的訊息還原封不動的保留在手機裡，裡面除了追蹤位置、溫警官之外，還提到了什麼？智童不記得具體內容了，但肯定有敏感資訊，一旦被發現就完了。

「我要先確認你的身分！還是你不敢讓我檢查手機？」

智童頓時語塞，手在口袋裡的手機上游移。

砰！

霎時間，天外飛來一顆足球，不偏不倚的砸中智童的頭。

「啊！對不起！」

有個人邊跑邊道歉。一切發生得太快，智童反應不及，直到看清楚對方是漢璽，他才回過神來。

「幫我撿一下足球！」

漢璽大喊。智童撿起在地上滾動的足球，走向漢璽。漢璽在接過足球的同時，用足球擋住時宇的視線，將自己的手機交給智童。

智童見狀也立即反應過來，把自己的手機給漢璽。

「真是的，怎麼有人在這種地方踢足球啊？」

智童笑嘻嘻的走回去找時宇。

「我們剛才聊到哪裡？啊，對。你要看我的手機吧？」

智童信心十足的把漢璽的手機拿給時宇。聰明的漢璽連密碼都事先解除了。時宇開始檢查訊息和通話紀錄。

「咦？怎麼什麼都沒有？」

「因為我有整理癖。哈哈哈哈。雖然我看起來不像是那種人。」

智童呵呵傻笑。時宇再度牢牢盯著智童，那雙烏溜溜的眼珠彷彿黑洞般深不見底。

　　「好，我們走吧！我把打工介紹給你。」

　　時宇在前面帶路。智童因為時宇上鉤感到開心，同時也一股暖意湧上心頭，他沒想到漢璽會因為擔心而跟過來。智童以為漢璽很討厭他，看來並非如此。

　　「到了，就是這裡。」

　　不知走了多久，時宇終於停下腳步。眼前的建築物外牆到處掛著「借貸諮詢」的字樣，但整棟大樓看起來卻空蕩蕩。

　　「就在這棟大樓的二樓。」

　　「咦？我鞋帶掉了。你先上去吧！我綁好鞋帶就上去！」

　　時宇一走上樓梯，智童急忙拍下大樓連同「寧靜路 25」門牌的照片，一起傳送給莉朵。

　　「智童傳地址來了！」

　　蘋果兔著手計算前往窩藏地點的捷徑，莉朵則把地址告訴溫警官。

身陷險境

　　時宇逕自走入辦公室一角。智童深吸一口氣，隨後也踏進辦公室。辦公室裡擺滿了辦公桌，桌上是一台又一台的電話，坐在辦公桌前的人都在講電話，這裡正是電信詐騙現場。

　　智童雖然早已了解電信詐騙，但親眼看到現場情況，仍不禁寒毛直豎，同時也為了這麼多人處心積慮騙人，甚至利用兒童作案，感到憤怒不已。

　　「你喝綠茶嗎？」

　　「啊？」

　　智童還來不及回答，時宇早已敏捷的穿越擁擠的坐位，走到角落的沙發，智童只能略帶遲疑的跟在他身後，小心翼翼的坐在沙發上。

　　「大家都好忙喔！」

　　時宇一邊嘟囔，一邊把水倒進茶壺裡，然後他把裝有綠茶茶包的紙杯放到沙發旁的茶几上，等水沸騰。

「時宇，你在這裡做很久了吧？」

「沒有，我才來沒多久。」

「真的嗎？可是你看起來很老練耶！哈哈。」

智童心想，沒想到時宇比看起來更有魄力，和一群大人共事也毫不膽怯。儘管智童有點緊張，但他也想起了身為 221 犯罪偵查隊隊員的使命感。

既然已經把地址傳給莉朵，那就不必太擔心，警察很快就會來了。

「來，喝吧！」

　　時宇把其中一個紙杯遞給智童。智童看了一眼冒著熱氣的紙杯，才緩緩接過來，淡淡的綠茶香在他鼻尖繚繞。

　　智童其實不喜歡綠茶，但不知為何，他仍不由自主的啜飲了一口。

「呃，好苦！」

其實智童也想跟時宇一樣喝綠茶，或許這樣能讓自己看起來成熟一點。

「你平常不喝綠茶嗎？」

「嗯，對。我不喜歡。」

時宇微微一笑。他笑起來的樣子和剛才一臉冷漠完全是天壤之別，現在看起來非常友善。

智童有種真的能和時宇成為朋友的感覺，他從時宇的笑容中感受到時宇的好意。他甚至還想替時宇向溫警官求情，告訴溫警官時宇很善良，都是電信詐騙犯騙了他。

「你唸哪所學校啊？」智童想多了解時宇。

「我沒上學。」

「啊，是喔？我也有朋友沒去學校。」

智童想起蘋果兔。如果是從前，他遇到年齡相仿的人卻不上學一定會很訝異，因為那是智童從未想像過的事情。不過，現在這對他來說已經不稀奇了，他能理解每個人的選擇不同。

「智童，你覺得上學好玩嗎？」

智童覺得上學很好玩，雖然有時會被老師罵，但學校裡有很多朋友，對於喜歡和大家交流的智童來說，學校是個很棒的地方。

「你呢？不上學不會覺得無聊嗎？」

「不會啊！怎麼會無聊？我認識的人之中，最聰明、最有智慧的人跟我說過，學校有很多笨蛋，連老師都不例外！」

「什麼？誰說的？那個人真的很聰明嗎？」

智童第一次聽到有人這樣評論學校。

「當然啊！他對這個世界無所不知，我從他身上學到了很多，全都比在學校裡學的還重要，而且他絕對不會騙我。他說世界上很多看似有用的東西，其實都是假象，學校就是其中之一。」

時宇的雙眼閃閃發亮，看來時宇真的很尊敬和崇拜他。

「智童，你也有認識這種人嗎？」

時宇親切的詢問，靜靜的望著智童的眼睛。當智童視線對上時宇烏黑的瞳孔時，心裡卻突然冒出一股不尋常的感覺。

「這種人？」智童想起所長的身影。

「我也有認識相信我的人，我很喜歡他。」

「是嗎？那你有沒有想過，他可能假裝相信你，目的是想藉此利用你？」

「什麼？他才不是那種人！」

智童愕然，但是時宇語氣相當堅定。

「是嗎？這世界上每個人都以自己為優先，他說不定就是為了個人利益在利用你，甚至在他眼中，你只是一顆棋子而已。」

「不可能。」

就在智童思緒一團混亂，不懂時宇為何要說這些話的時候，他感到一陣睏意襲來。

「呼哈，怎麼突然有點想睡……」

智童看了看四周，起身走到窗邊醒腦，發現漢璽站在樓下，不知道他是不是一直都在盯著這棟建築，而漢璽一看到智童就馬上用力揮手，像是在告訴智童「我在這裡，不用擔心」。

智童赫然想起所長在說明語音釣魚時曾提到：「詐騙集團會阻絕受害人與外界的溝通，以控制受害人的行為和想法。」

「你仔細回想，說不定他至今都在騙你。那個人從來沒有讓你失望過嗎？難道不是只有你自己單方面相信他而已嗎？」

要說沒失望過的話，當然是騙人的。但不只是園所長，221 犯罪偵查隊隊員們也或多或少有讓智童失望的時候。

「他若是真心為你著想，今天就不會讓你來這裡。」

「不是……那樣的。」

智童想要辯解，但眼皮卻越來越沉重，他無法繼續說下去。他想告訴時宇，所長沒有要他去危險的地方，反而還因為發覺會有危險而出言阻止，是他自己執意要來。

要是所長真的把他當成一顆棋子，根本不會阻止他採取任何行動。很顯然，時宇正在刻意挑撥他和 221 犯罪偵查隊的關係。

智童的意識逐漸模糊，眼前世界變得虛幻宛如夢境，身體越來越疲憊。想到所長，智童的腦海中浮現了所長邀請他加入 221 犯罪偵查隊的情景。

當所長看出他有刑警般的直覺和行動力，並對他讚賞不已的時候，智童感到非常幸福。

　　從小到大，他都沒有被人稱讚過，因為所長認可他的能力、讓他加入祕密偵查隊，他才有機會和偵查隊的朋友們合力解決案件。此時此刻，還有一個關心他的同伴正在大樓外等他。

　　思及至此，智童驚覺時宇對他瞭若指掌。怎麼會這樣？

　　「其實你一直都被蒙在鼓裡。我……不對，我們會幫你。不過，想要我們幫你的話，你以後也要幫我們。」

　　時宇的雙眸似乎又更幽深了，他的聲音彷彿悅耳的音樂，正唱著催眠曲。

　　「到底是怎麼回事？身體感覺好奇怪。」

　　「我會幫你的。」

　　時宇又說了一遍。智童看到時宇的瞳孔突然放大又縮小，讓他嚇了一大跳，連忙避開時宇的視線。他開始害怕自己會不知不覺相信時宇說的話。

　　「你為什麼要對我說這些？」

　　智童大吼。

沒想到上一秒溫柔親切的時宇，瞬間變回冷漠無情的樣子。

「哼，裝傻是吧？我只是想從你身上挖點情報而已，沒想到你這麼難搞。蠢貨，我看你還不知道我是誰吧？我就是格雷。」

「嗯？你說什麼？你是格雷？」

智童一愣。他明明跟格雷面交過小熊鑰匙圈，原來那個人並不是時宇。當時一定是時宇找其他人代為面交，今天才是兩人第一次見面。

智童想繼續追問，但時宇正忙著用手機和某人傳訊息，而智童也睡意難耐，沒力氣再多說。

「什麼？這麼快就到了？」

時宇猛然起身，徑直離開辦公室。

幾秒之後。

「通通不准動！」

溫警官和多名警員衝進辦公室。智童努力撐開沉重的眼皮，確認是溫警官的身影之後，旋即便昏睡過去。緊接著漢璽的聲音不斷響起，猶如在夢境中迴蕩。

「喂，尹智童！尹智童！」

PART 3
事件真正的起點

消失的孩子

　　隨著電信詐騙集團落網，警方也搜出一本名冊，內容記載了那些曾經當過車手的孩子名字。

　　智童睡了一會後醒來，在名冊上看到賣給自己假怪獸卡的「稀有卡大師」，為此大吃一驚。原來這個人是刻意生產假怪獸卡，作為引誘兒童成為車手的誘餌，也就是說，他們打從一開始就計畫利用兒童犯罪。

先前雖然也有電信詐騙集團找不知情的人來當車手的案例，但是像這樣計畫性的誘騙小學生，並加以利用的情況則是前所未見。

讓智童不解的是，名冊裡無論怎麼找都找不到金時宇的名字，反而找到了晟勳的名字。溫警官告訴智童，名冊可以作為晟勳完全不知情的證據。

稀有卡大師：李佑振，假怪獸卡販賣商。
小綠帽：金晟勳，在多龍多龍的引誘下參與打工。收取失敗。
多龍多龍：卜泰敘，以出售怪獸卡為誘餌，招攬打工車手。
牌卡王：李知訓，擔任打工車手1次。

智童、漢璽及溫警官留在空蕩蕩的辦公室裡，試圖找尋更多證據，但完全沒有金時宇的蹤跡。

「他說他叫金時宇，暱稱是格雷。在二手交易app上，介紹我打工機會的人也是他。」

智童告訴溫警官，一定要找到金時宇。

「智童，我們沒有找到任何金時宇的資料，也沒有發現用格雷當作暱稱的人。」

「難道他用的是假名？還是故意不寫在名冊上啊？」

智童發現只有自己誠實的說出本名，感到無比委屈。

「到底是怎麼回事？」

現在仔細想想，時宇的確有很多奇怪之處。不僅談吐不像是五年級的小孩，那雙緊迫盯人的眼神也很詭異。每當憶及那雙黑色眼珠，智童就不太舒服，甚至感到恐懼，似乎有種被迷惑的感覺。縱然只是一閃而過的念頭，智童差點真的相信那孩子說的話，認為所長欺騙並利用他。

「呃，我起雞皮疙瘩了。」

智童打了個寒顫。溫警官正好轉頭對智童比了一個讚。

「智童，你今天的表現非常出色。但我還是得說，你竟然在沒有告知我的情況下，進行如此危險的計畫！以後千萬不能再這樣了！」

「嗯，我真的不知道電信詐騙的窩藏地點裡有這麼多人。」

其實智童一點也不害怕在辦公室裡的那些大人，唯一讓他感到恐懼的只有時宇。

他甚至懷疑自己喝的綠茶是不是像電影裡演的那樣，被下了迷幻藥。然而警方並未從現場的紙杯中查到異狀，智童到醫院檢查的結果也一切正常。難道是中了催眠術？智童下定決心，以後不能再隨便接受別人給的食物、飲料。

「尹智童！」

所長大聲呼喚智童，並跑上樓一把抱住他。聽說智童並未按照警方計畫行動時，所長嚇了一大跳。一收到消息便立刻飛奔過來，一路上腦中不斷浮現各種可怕的結局。

「你身體還好嗎？」

「嗯，有點睏而已，剛才睡了一下。」

「對不起。在你說要假裝去打工的時候，我應該更積極阻止你才對。」

就在所長準備送智童回家的時候，門邊的某個字樣映入他的眼簾，是那孩子的簽名。

「咦？這是什麼？」

智童正好翻了翻口袋，拿出一張黑色名片，彷彿陰魂不散般的再度出現。

名片正面寫著一行白色的字：

「朋友，好久不見。」

廬山真面目

所長與智童才剛看到那行字，文字竟然在幾秒後消失無蹤。

「這是！」

所長錯愕不已，呆呆望著空白的黑色名片。

「一定是金時宇！但他是什麼時候放的啊？」

「果然……」

真相逐漸明朗，黑色名片的主人就是所長記憶中的那個孩子。把一片片回憶拼湊起來，畫面裡出現的都是同一個人。那孩子現在為了向所長宣示自己的存在，甚至不惜接近 221 犯罪偵查隊。

當天傍晚，所長在221祕密事務所和隊員們一起參與炸雞披薩派對。目前幾乎可以肯定寧靜里的案件都和那孩子有關，這讓所長陷入苦思，煩惱接下來該如何帶領偵查隊遠離危險。

　　「哇，真的好好吃！」

　　原本智童還在為時宇的事感到悶悶不樂，一看到美食，便把所有的煩憂拋到腦後。就在孩子們大快朵頤的時候，溫警官抵達事務所，而所長走向院子迎接他，準備跟溫警官詳談。

　　「嗯，你多吃點。」

　　漢璽把自己面前的披薩都推到智童前面。

　　「智……智童，這次真的辛苦你了。下次……我也……」

　　蘋果兔用幾乎聽不見的音量對智童說，但莉朵聽到了。看來蘋果兔對於自己這次調查沒有發揮作用，感到過意不去。莉朵不動聲色的悄悄移到蘋果兔身邊。

　　「你最近是不是在寫程式？我可以看嗎？」

　　「我剛寫完……等一下！」

蘋果兔立刻起身拿出筆電，點開程式。

「這個程式可以從可疑人選之中，篩選出嫌疑較大的人。」

「嗯，可以讓我們用在調查工作上嗎？」

只要輸入案件內容、列為嫌疑犯的原因及不在場證明等資料後，這個程式就能算出各個嫌疑犯是真凶的機率。

「雖然不是百分之百可靠……但是我覺得應該可以幫忙稍微縮小搜查範圍。」

「你怎麼會想到這種點子啊？對調查有很大的幫助耶！」

「哇，真的耶！蘋果兔，你真是個天才！漢璽，你看這個……咦？人呢？」

聽到莉朵說的話，智童也跟著大力讚賞蘋果兔，但是剛才還在一旁的漢璽卻不見蹤影。原來漢璽因為覺得炸雞的香味有點膩，跑出去透氣，卻偶然聽到一個令他好奇的名字，因此他正躲在二樓的陽台，偷聽溫警官和園所長在院子裡的對話。

「布萊克（Black）？」

「對，沒錯。這次被騙去當電信詐騙車手的小孩，大部分都是因為收到布萊克的黑色名片才開始打工的。」

「啊！那孩子是用布萊克這個名字啊！」

所長把智童口袋中也有黑色名片的事告訴溫警官，並提到那個叫做布萊克的人，很可能是他小時候的朋友。

「什麼？如果依名片上出現的那句話來判斷，幾乎可以確定是他了，但你真的想不起來他是誰嗎？」

「那是很久以前的事了，我和他一起玩的時間也很短……既然那孩子已經打定主意要接近我，應該很快就能想起所有關於他的記憶，而現在布萊克卻公然昭示了自己的身分。」

一直以來，那些被抓到的孩子連黑色名片都隻字不提，更別說是「布萊克」這三個字了，即使已經發現名片，依然人人三緘其口，好像說出那三個字，就會有什麼嚴重後果似的。可是這次卻截然不同。

「我理解所長對這件事的想法。之前所有涉案的兒童，從來沒有人談及布萊克，沒想到這次大家卻不約而同提到他。我問他們有沒有受到任何人威脅，他們都說沒有。」

「所以……他在跟我們下戰帖吧！」

「關於本案中擔任車手、取簿手的孩子，會經過嚴密調查後再決定如何處置。可是，所長……」

溫警官稍作停頓。

「什麼事？」

「所長……不，學長。我認為既然布萊克揭露了身分，現在正是大好機會。很抱歉，我希望之後能繼續跟 221 犯罪偵查隊合作。既然布萊克把兒童當作目標，之後一定會需要隊員們幫助我們了解兒童間的熱門話題，例如這次嫌犯用來吸引孩子的怪獸卡。」

「你說得沒錯，但是……」

溫警官明白園所長的擔憂，他為此也費了不少心力。

調查布萊克的危險程度，可能和單純解決兒

童案件完全不同。既然他已經表明身分，說不定未來會有更大規模的犯罪事件，甚至引發全面開戰。

「我能理解你不想讓孩子們陷入危險的心情，因此我們成立了特別搜查組，一定會竭盡全力保護孩子們的安全。」

「嗯……我再和孩子們商量。」

稍後，園所長與溫警官離開了事務所，不知道要去哪裡。

漢璽陷入沉思。原本以為只要解決兒童相關犯罪事件就好，沒想到幕後有個叫做布萊克的人在操縱。

「你在這裡做什麼？」

隊員們出來找漢璽。

「我有話要跟你們說。」

漢璽轉述了剛才聽到的內容，從布萊克的存在到調查合作計畫，乃至於所長的煩惱，大家聽完都驚訝得不知作何反應。

「哇，竟然還有電影或遊戲中才會存在的超強反派！」

相較於其他人的震驚與不安，智童顯得格外興奮。平常漢璽一定會以鄙視的眼光看他或嗆他，這次卻突然問：

「你怎麼想？你覺得我們應該參與調查嗎？」

「嗯？你現在是要我第一個發表意見嗎？」

「我想聽聽你的看法。」

漢璽認真的語氣令智童難以置信。

「哇！看來我得到你的認可了！」

智童興奮的要擁抱漢璽，被漢璽一把推開。

「不要碰我。總之，我之前確實對你有誤會。如果這個案子換我潛入，我可能會害怕得什麼都做不了。抱歉，這段時間一直小看你了。」

「好啦！我接受你的道歉！看到你出於擔心跟著我的時候，我真的很感動，我贊成繼續參與調查。晟勳為了這次的案子傳訊息向我道謝，真的很有成就感，終於有種成為刑警的感覺。」

智童自豪的展示晟勳傳來的簡訊。雖然晟勳參與了犯罪過程，幸好經過調查，證明他並非故意犯罪，因此只有受到警告性處分。

「漢璽，我們以後好好合作吧！」

智童再次伸手想擁抱漢璽，漢璽靈活的閃開，握緊了拳頭。

「我說不要碰我，尹智熊！」

過了一會兒，漢璽似乎已經平復心情，對其他隊員說：

「我也贊成與布萊克對抗。蘋果兔和莉朵，你們呢？」

「我贊成。竟然敢讓孩子們捲入犯罪，我完全不能接受！得讓他看看我們的厲害！」

蘋果兔推推眼鏡說。

「我當然贊成。要阻止布萊克、拯救跟我們一樣大的小朋友，最能勝任這項工作的人當然非我們莫屬。不過我們還是要先跟所長說一聲。」

莉朵幹勁十足的宣告，其他人也點點頭。大家難得團結一心，甚至透露著一絲悲壯的氣氛。

縱使大家心裡都對未來可能發生的案件感到擔憂，然而想要破解案件的決心也變得更加堅定。

轉學生

「之前，頌雅轉學走了，大家都很捨不得吧？不過，今天有一位新朋友轉學加入我們班喔！」

老師帶著一名男孩走進教室。男孩一抬頭，班上的同學們發出一陣小小的讚嘆聲。

「哇喔。」

「好帥！」

男孩有著白皙的皮膚、圓圓的大眼睛，以及高挺的鼻子，簡直媲美足以迷倒眾生的帥氣偶像。

「他的名字是吳時宇，之前在家自學了幾年，比較不熟悉學校生活，請大家多多關照他。」

雖然老師這麼說，其實根本不需要提醒，一下課，孩子們立刻包圍住時宇。

「有沒有經紀公司找你去當偶像？像是在街上被星探攔下來？」

美莉率先發問。時宇微微一笑。

「我曾經當過練習生，但後來放棄了。」

「喔？真的嗎？在哪家公司？」

「我不能說，合約裡有保密條款。」

「哇，真的嗎？」

一聽到他們的對話，周圍女生紛紛聚集。時宇開始向女同學們分享當練習生的趣事。

他一下子就贏得追星女孩們的芳心。不僅如此，男孩們也很欣賞時宇。

「學校有足球隊嗎？我之前參加過足球隊，很喜歡踢足球。」

「真的假的？那你很厲害囉？」

時宇的回答讓男同學們興奮不已。因為和隔壁班的足球比賽就快到了，班上的男同學最近滿腦子都是足球。

「我雙腳都能踢，有人說我踢得不錯啦！」

「雙腳？哇，太強了！我真的很佩服你！」

大家對於時宇進球得分充滿期待，教室裡一陣鼓譟。每到下課時間，時宇總是被女生和男生團團圍住問問題。

「大家都很喜歡他嗎？」

「我哪知道……」

漢璽走到莉朵身邊叨唸著。莉朵其實也對時宇莫名反感，總覺得不太對勁。

「他好像能準確察覺並利用別人的需求。」

莉朵坦言自己的感覺。剛才當美莉走近時，她明顯看到時宇打量美莉一番。美莉手上拿著偶像盧美美的小卡，脖子上掛著刻有盧美美名字的周邊項鍊。莉朵認為，時宇大概是察覺到美莉對偶像非常感興趣，才故意提到偶像的話題。

「那他說自己當過練習生是在撒謊嗎？」

「不確定，時宇提到自己曾在經紀公司當練習生的事情時，用保密條款打迷糊仗。另外，我覺得他突然提到足球也很奇怪，他在開啟這個話題之前，已經觀察到有人手上拿著足球。他似乎會依對象調整自己說的話，不過這也沒什麼，畢竟他才剛轉學過來，可能想盡快和大家打成一片吧！」

莉朵和漢璽稍微觀察了時宇。每個人都有獨特的性格，難免會做出在別人眼中看來有點奇怪的行為，但是莉朵特別介意時宇的所作所為。

當天放學，就在莉朵離開教室走向校門的時候，從操場另一頭傳來一陣近乎尖叫的歡呼聲。

「哇，時宇送我盧美美的簽名！」

美莉手上緊握盧美美的簽名，雀躍不已，或許高興過了頭，竟渾然不覺有任何蹊蹺。

「奇怪，盧美美的簽名是從哪來的？」

轉學來的第一天就刻意帶著盧美美簽名的可能性很低，而且時宇也是剛剛才知道美莉喜歡盧美美，那時他一句話都沒說，此刻卻不知道從哪裡變出簽名送給美莉，一舉一動都令人匪夷所思。

「那真的是盧美美的簽名嗎？」

現在只要在網路上搜尋，便能找到各種盧美美的簽名，任何人都能仿造。但是，他為什麼要這麼努力討同學歡心？

「啊！頭好痛。」

莉朵突然懷疑自己可能得了職業病。或許是因為加入221犯罪偵查隊後，所有心思都投注在調查上，就算是尋常的舉動都會讓她疑神疑鬼。

「他只是一個班上新來的轉學生，應該是我太敏感了。」

砰！

莉朵邊走邊想，無意間撞到了一個人。

「啊，對不起。」

莉朵抬起頭，赫然發現眼前的人就是吳時宇。

「怎麼偏偏撞到時宇……」

時宇對莉朵的心思一無所知，露出滿臉愉快的笑容。

「哈囉？」

「啊？」

「你是何莉朵吧？剛才在教室裡見過你。」

時宇的眼珠格外漆黑。莉朵靜靜注視那雙深邃的眼睛，竟然從眼神中看出某種興致勃勃的情緒，好像在探索有趣的事物一般，莉朵覺得有點詭異，更別說他才第一天轉學過來，面對新環境竟然一點也不緊張。

「我剛搬到這附近，不熟回家的路，你可以幫我帶路，陪我一起走嗎？」

「好啊！你家在哪裡？」

「寧靜月公寓後面的小公寓。」

莉朵頓時愣了一下。她家也在那裡，但她不想說出來。

「我知道了。我會告訴你怎麼走。」

「謝謝，你人真好。」

時宇燦爛一笑，正如其他同學所說，他的笑容的確很迷人，看起來就像是電視節目中的偶像團體成員。

兩人一起走出校門時，莉朵看到所長站在校門口。莉朵非常意外，因為他們並沒有事先約好要見面。

其實所長是為了盡快想起他和布萊克——也就是那個孩子之間的關聯，而一路走到這裡。

沒想到卻意外遇到莉朵放學時間，因此所長打算跟莉朵談談，希望莉朵能提醒他一些可能忽略掉的細節。

「莉朵。」

所長主動向莉朵揮揮手。

「嗨，您來學校有什麼事嗎？」

「啊？請問是莉朵的爸爸嗎？您好。」

時宇向園所長打招呼。儘管時宇的聲音聽起來十分恭敬有禮，但莉朵卻注意到他的眼神瞬間變得冷酷到令人膽寒。

「他怎麼了？」

莉朵不寒而慄。

此時，時宇跨步向前，莉朵瞥見了他的書包。更準確的說，莉朵一眼認出書包上的小熊鑰匙圈，就是她之前給智童，讓智童透過二手交易 app 免費贈送給格雷的小熊鑰匙圈。

「小熊鑰匙圈怎麼會在那裡？」

莉朵不知道的是，一見到時宇，所長的心臟跟著劇烈跳動，像是打開了某個房間的燈，藏在記憶深處中的片段逐漸湧現。

那個孩子的面容變得清晰，一度以為永遠想不起來的那個名字也躍然浮現。

 monster

你不是保證那和真的怪獸卡完全一模一樣，絕對不會被識破嗎？
最後竟然害我被捲入語音釣魚犯罪事件。

 Black

是你自己說只要能賺到高額的打工費，什麼都願意做。

是沒錯……
monster

 Black

本公司只是為委託人提供量身打造的服務而已。對於委託人因為一己私慾而販賣更多假卡所引發的問題，請恕本公司無法負責。

我真的很後悔！
以後我絕對不會再做出這種蠢事，我也已經把你們的事情告訴警察了。
monster

 Black

這也是我們計畫中的一部分。
大家很快就會知道布萊克的存在。

Black已離開聊天室。

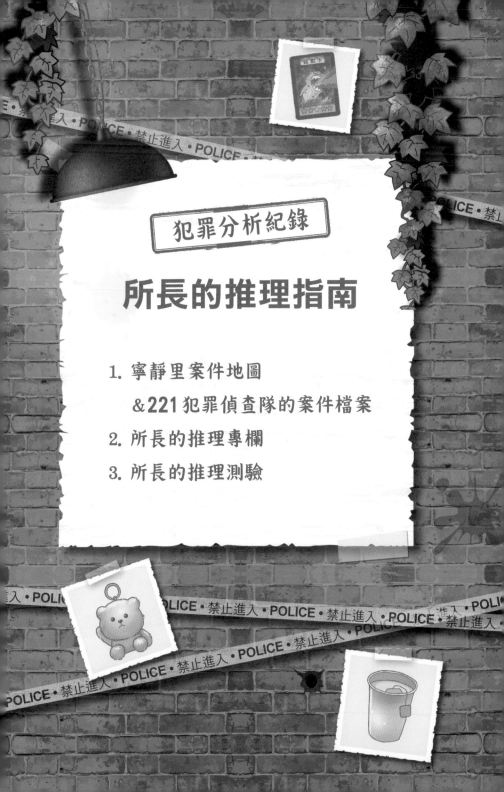

犯罪分析紀錄

所長的推理指南

1. 寧靜里案件地圖
   &221犯罪偵查隊的案件檔案
2. 所長的推理專欄
3. 所長的推理測驗

寧靜里案件地圖

怪獸卡詐騙事件

小綠帽語音釣魚打工事件

智童潛入調查

221犯罪偵查隊
的案件檔案

怪獸卡語音釣魚事件

案件時間： 202X年X月X日，下午3點左右。

案件內容： 金晟勳（13歲，暱稱小綠帽）為了購買怪獸卡而使用二手交易app時，接受賣家（多龍多龍）所介紹的打工機會。警方為此對金晟勳展開追捕，並對多龍多龍進行調查。

受害者： 以打工為由而遭利用的金晟勳及其他詐騙受害者

嫌犯： 多龍多龍及詐騙集團

調查過程：

- 著手調查以洗清金晟勳的冤屈。
- 為了避免引起嫌犯懷疑，智童一如往常的交易怪獸卡，並累積二手交易紀錄。
- 在二手交易app上張貼尋找打工的貼文。
- 確定另一位怪獸卡賣家介紹的打工與詐騙有關。
- 決定由相對比較少人認識的智童主導調查。
- 確認智童接到的打工與詐騙有關。
- 溫警官和警察開始介入調查。
- 未告知警方紙袋配送地點有所更動，由221犯罪偵查隊自行調查。
- 與金時宇會面，前往電信詐騙分子的窩藏地點。
- 確認金時宇就是格雷。
- 將窩藏地點的詐騙集團一網打盡。

特殊狀況： 金時宇消失無蹤。

所長 的 推理專欄

 何謂語音釣魚？

語音釣魚手法

指透過非法管道獲取信用卡號碼、身分證號碼等個人資料後，藉由電話進行的詐騙手法。語音釣魚（Voice Phishing）是將語音（voice）、個人資料（private data）和釣魚（fishing）等單詞組合而成的新詞語。犯人會打電話給被害人，佯稱親友遇到緊急情況，例如謊稱自己是家人並發生交通事故，或假裝家人遭到綁架，要求被害人匯款等。最近冒充檢察官或銀行行員，誣稱被害人涉及金融犯罪來誘使其匯款的手法也屢見不鮮。

語音釣魚運用的心理戰術

詐欺犯利用被害人焦慮的心情來犯罪，藉由編造家人發生意外、被綁架或信用卡被盜刷等危急情況，讓被害人陷入急著解決問題的思想循環，從而妨礙正常思考。

詐欺犯還會進一步切斷被害人與外界的聯繫，使被害人處於孤立狀態。以可能會無法保證被害人的安全作為要脅，迫使被害人與詐欺犯保持通話，或避免被害人四處張揚。最終，詐欺犯將切斷被害人所有能尋求客觀建議的管道，例如來自家人、員警或銀行行員的幫助。

除此之外，詐欺犯還會使被害人在得知自己被詐騙的時候感到自責，並令被害人產生錯覺，以為被他人所知，會使自己的處境更加困難，從而使被害人隱瞞受害事實，而錯過救助黃金時間，為詐欺犯製造更多的逃脫機會。若發現自己可能受騙，請不要猶豫，應立即告知警方和周遭親友，以利及時處理。

什麼是臥底偵查？

因台灣「臥底偵查法」仍屬草案階段，故本頁相關內容皆以韓國為例。臥底偵查制度（undercover investigation system），係指調查專門以兒童或青少年為對象的網路犯罪，需要收集證據和拘捕嫌疑犯時，警方可以隱匿身分或偽裝進行祕密調查。

因此，《221犯罪偵查隊》中智童的做法，與韓國現行法令定義的臥底偵查並不相符。

臥底偵查主要分為兩種，一為「身分不公開偵查」：警察在調查過程中不公開身分，直接接觸犯罪嫌疑人以收集證據和資料；另一為「身分臥底偵查」：當有充分證據顯示犯罪嫌疑人之犯罪嫌疑時，警察得以偽裝身分的方式實施調查，以達到調查目的。

臥底偵查制度的建立背景

絕大多數犯罪都在暗中發生，往往是以不易察覺的方式誘惑被害人，從而避開警方追查，尤其是會嚴重破壞身體和心靈健康的毒品犯罪，以及假裝對未成年人表示友好，巧妙接近後所犯下的性犯罪。

打擊此類犯罪非常困難，且被害人反覆受害性高。警察有時會需要隱藏身分，潛入犯罪組織內部實施調查，使犯罪嫌疑人放鬆警惕，在不打草驚蛇的情況下蒐集證據，並在現場拘捕犯罪組織成員。

2021年9月24日，韓國進行《兒童及青少年性保護法》修法，正式允許警察在針對未成年人網路性犯罪的調查中實施臥底偵查。但記住，一般人不可任意實施臥底偵查或隱匿身分。

PICS園所長

臥底偵查的成果

根據韓國警察廳國家調查本部公告的資料，自2021年9月24日起實施臥底偵查以來，至2023年6月30日止，共705人遭拘捕，其中56人逮捕後入獄，顯示臥底偵查的顯著成果。儘管臥底偵查必須承擔較高的風險，但仍有許多警察在社會各個角落默默努力，維繫社會安全。

今 天 的
線　索

Q. 金時宇（格雷）和轉學生吳時宇是同一個人嗎？

1. 是　　2. 不是

所長的推理測驗

寧靜里還有不少未解決的懸案需要協助。
試著透過搜集線索和證據進行推理，找出破案的關鍵吧！

懸案
9

信件的真相

隊員們一整天聯絡不到蘋果兔，她也沒有出現在221祕密事務
所。隊員們很擔心，開始在辦公室到處尋找蘋果兔可能留下的
線索。此時，他們在書架上，發現一封蘋果兔的信。然而，隊
員們卻一頭霧水，究竟蘋果兔想表達什麼呢？

感覺心情很好，
冒險即將開始！
好多精彩的風景就在前方。
了解和探索這個世界，
就算困難重重，
來過便不虛此行！

from蘋果兔

POLICE
禁止進入

禁止

PO

溫在植刑警的地圖

溫在植警官通知偵查隊員們有緊急案件發生，需要隊員們的協助，並且發送了一張標有案發現場位置的地圖。請幫助偵查隊員們找出案發地點吧！

					起點
		寧靜銀行 Ⓐ			
	寧靜十字路口 便利商店 Ⓑ				
	無人 文具店 Ⓒ	網咖 Ⓓ			

| 2↓ | 2← | 2↓ | 3← | 1↓ | 1→ |

信件的真相

取每一行的第一個字，即可讀懂信件的涵義。

感覺心情很好，

冒險即將開始！

好多精彩的風景就在前方。

了解和探索這個世界，

就算困難重重，

來過便不虛此行！

蘋果兔想透過藏頭詩告訴大家，

等自己「感冒好了就來」。

溫在植警官的地圖

從起點開始，按照數字（步數）和箭頭（方向）一步步前進，

最終會到達ⓒ無人文具店。

因此，案發地點是ⓒ無人文具店。

📶 📶 📶

🔒 Yu_secretary ⊞ ☰

4
解決事件數

8
追蹤者

9
追蹤中

劉祕書
#PICS #祕密事務所 #221犯罪偵查隊

全面搜尋人氣偶像盧美美！

當紅人氣偶像盧美美的演唱會拉開帷幕。
221犯罪偵查隊有幸以榮譽保鑣的身分參加演唱會。
然而演唱會結束後，盧美美卻失蹤了……
他們能在黃金救援時間內找到盧美美嗎？

#偶像盧美美　#榮譽保鑣　#下落不明

雷頓不可思議偵探社

有效提高腦力的益智知識漫畫

故事大綱

雷頓教授的女兒卡特莉，跟爸爸一樣聰明過人，在倫敦街頭開設了不可思議偵探社，為民眾解決各種神祕事件。無論是怎樣的謎團，都一定能解開！

NEW

❼ 卡特莉&辦公室臥底大作戰

解謎專用放大鏡

❶ 卡特莉&惡魔的禮服
❷ 卡特莉&幸運男子
❸ 卡特莉&貓的祕密
❹ 卡特莉&分身奇譚
❺ 卡特莉&天才分析師
❻ 卡特莉&孤獨的幽靈

18x25公分／每本144頁
全彩印刷／定價NT$300～340

偵探推理的魅力，
不只一個！

魅力 1 訓練敏銳觀察力
有趣的劇情，是引發學習動機，認識世界的重要動力。

魅力 2 培養邏輯思考
多種類型的機智謎題，清楚圖解說明解謎過程。

魅力 3 了解人性的特點
學習故事中的人際關係，掌握人與人的互動。

★增加啟發腦力益智謎題
★任天堂暢銷推理遊戲改編
★隨書特典解謎專用放大鏡

符合108課綱
提升核心素養

© LEVEL-5/CJ ENM, Fuji TV, DENTSU, USP, SHOGAKUKAN, Contents 3, PONYCANYON

suncolor
三采文化

國家圖書館出版品預行編目資料

221 犯罪偵查隊 ❺ 怪獸卡的陷阱 /
宣慈恩 作；李泰永 繪；徐月珠譯
-- 初版 . -- 臺北市：三采文化股份有限公司 , 2024.11
面； 公分 . -- （樂讀故事坊系列）

ISBN 978-626-358-507-2（平裝）

862.596　　　　　　　　113013565

樂讀故事坊系列

221犯罪偵查隊❺ 怪獸卡的陷阱

作者｜宣慈恩　繪者｜李泰永　策劃｜表蒼園　譯者｜徐月珠
兒編部 總編輯｜蔡依如　責任編輯｜吳欣蓓
美術主編｜藍秀婷　美術編輯｜曾雅綾　封面設計｜謝孃瑩
版權選書｜孔奕涵　行銷統籌｜吳僑紜

發行人｜張輝明　總編輯長｜曾雅青
發行所｜三采文化股份有限公司　地址｜台北市內湖區瑞光路 513 巷 33 號 8 樓
傳訊｜TEL：（02）8797-1234　FAX：（02）8797-1688　網址｜www.suncolor.com.tw
郵政劃撥｜帳號：14319060　戶名：三采文化股份有限公司
本版發行｜2024 年 11 月 1 日　定價｜NT$380

이웃집 프로파일러 하이다의 사건 파일 제5권 (My Neighborhood's Case Files Vol. 5)
by 글: SUN Ja Eun宣慈恩　그림: LEE Tae Young李泰永　기획: PYO Chang Won 表蒼園
Copyright © 2023 BOOK21 아울북
All rights reserved.
Complex Chinese Copyright © 2024 by SUN COLOR CULTURE CO., LTD.
Complex Chinese language edition is arranged with Book21 Publishing Group

著作權所有，本圖文非經同意不得轉載。如發現書頁有裝訂錯誤或污損事情，請寄至本公司調換。All rights reserved.
本書所刊載之商品文字或圖片僅為說明輔助之用，非做為商標之使用，原商品商標之智慧財產權為原權利人所有。

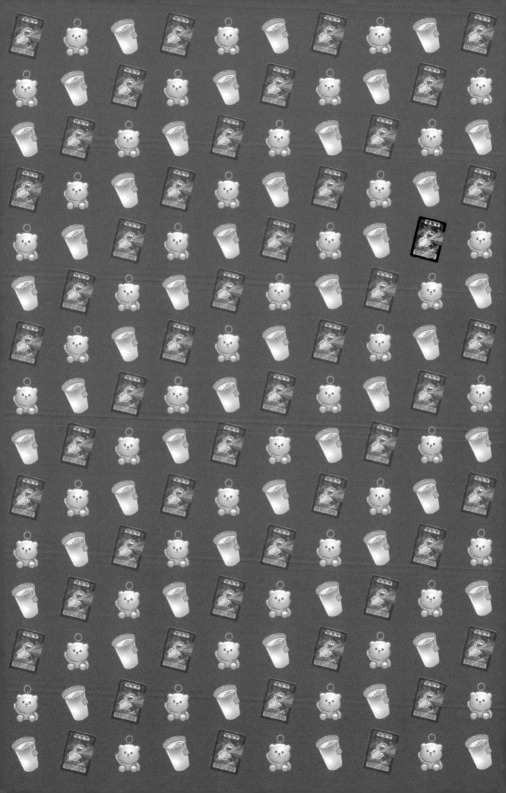

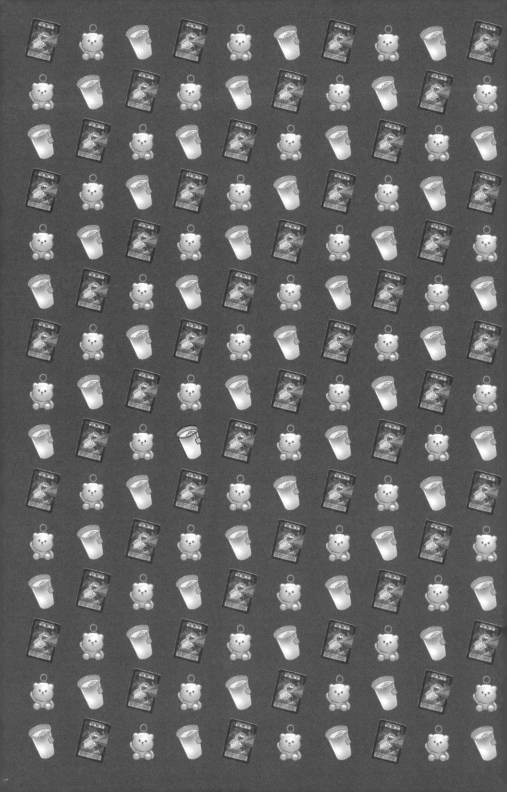